대영제국에서 작가로 살아남기

대영 제국에서 작가로 살아남기 1

초판 1쇄 발행 2023년 9월 26일

지은이 ㅣ 고스름도치
발행인 ㅣ 최원영
편집장 ㅣ 이호준
편집 ㅣ 송영규 최종건 정재웅 양동훈 곽원호 조정범 강준석 김시언
편집디자인 ㅣ 한방울
영업 ㅣ 김민원

펴낸곳 ㅣ ㈜디앤씨미디어
등록 ㅣ 2002년 4월 25일 제20-260호
주소 ㅣ 서울시 구로구 디지털로 26길 111 JnK디지털타워 503호
전화 ㅣ 02-333-2513(대표)
팩시밀리 ㅣ 02-333-2514
E-mail ㅣ papy_dnc@dncmedia.co.kr
블로그 ㅣ blog.naver.com/gnpdl7

ISBN 979-11-364-4733-3 04810
ISBN 979-11-364-4732-6 (SET)

※ 저자와 협의하여 인지는 붙이지 않습니다.
※ 이 책은 ㈜디앤씨미디어(파피루스)가 저작권자와의 계약에 따라 발행한 것으로 본사와 저자의 허락 없이는 어떠한 형태나 수단으로도 내용을 이용할 수 없습니다.

대영제국에서 작가로 살아남기

고스름도치 대체역사 장편소설 1

PAPYRUS FANTASY HISTORY OF ALTERNATION

1장. 프롤로그 · 7

2장. 의문의 데뷔 · 31

3장. 런던 나들이 · 57

4장. 옥션 하우스 · 95

5장. 웨딩 마치 · 119

6장. 클리프행어 · 157

7장. 빈센트 빌리어스 · 209

8장. 왕립문학회 · 249

9장. 학습 도서 · 277

10장. 마크 트웨인 · 303

프롤로그

"씨발 영길리 새끼들. 하여간 세상 흉악한 건 전부 영국 놈들이 만든 거라니까."

이번 작을 완결 내고, 출판사에 취재 핑계를 대고 여행을 나온 지도 벌써 보름째.

그중 대부분을 보낸 영국에서의 나날들은 환상적이었다.

현실감이 없어서 좆같았단 뜻이다.

피시앤칩스는 눅눅했고, 맥주는 미지근했고, 홍차는 밍밍했다. 차의 종주국이 뭐가 어쩌고 어째?

역시 차하면 녹차 아니면 유자차고, 식후 땡은 얼어 죽어도 아이스 아메리카노다.

하여간 이래서 민트랑 초코를 섞는 괴식 종족들은 안

돼. 영국 요리나 먹는 맛알못 놈들.

맘 같아선 당장 한국에 돌아가고 싶었다. 얼큰한 김치찌개에 쓱쓱 비벼 먹는 제육 덮밥이 눈앞에 아른거렸다.

하지만 비행기 푯값이 아깝긴 아깝다. 목표로 했던 성지 순례도 끝내야 한다는 직업적 사명감도 내 발목을 잡았다.

물론 그 성지들이라는 데는 대부분 실망스럽기 이를 데 없었지만.

글로브 극장(Globe Theatre)은 특별할 게 없었고, 베이커가 221B번지는 입장료만 비싸지, 볼 게 별로 없었다.

글래스톤베리의 아서왕 무덤도 차라리 수도원 쪽이 볼 만했고, 킹스 크로스역 9와 3/4 승강장은 대체 왜 9와 10 사이가 아니라 8과 9 사이에 있는 건지 이해가 안 됐다. 하여간 그 아줌마 고증 실수하는 건 진짜 심각하다.

이렇다 보니 사명감은 쥐뿔, 괜히 왔다는 생각이 새록새록 들 뿐이다.

이번에도 마찬가지다.

세상에, 아무리 관광지 컨셉을 위해 1940년대 버스를 갖다 놨다고 해도 그건 커스텀만 그래야 하는 거 아닌가? 엔진까지 40년대 수준이면 어쩌자는 거야?

"진짜, 이놈의 집만 없었어도."

데번주 토키(Torquay), 그린웨이 하우스.

추리 소설의 여왕, 애거사 크리스티가 말년을 보낸 별장이며, 추리 소설 마니아들 사이에선 나름 성지라 할 수 있는 곳 중 하나다.

지금이야 다른 쪽으로 빠졌지만, 고등학교 때 제법 추리 소설에 빠져 살았던 나로서는 한 번쯤 들러 보고 싶은 마음이 없지는 않았는데…….

"별거 없네."

집 자체가 심심한 디자인인 건 뭐, 그렇다 치자.

현대처럼 아방가르드한 초현실주의 저택이 세워질 수 있는 시대는 아니니까.

그런데 셜록홈스 박물관이 있는 베이커가도 그렇고, 이런 곳은 결국 그냥 흔한 가정집 같단 생각이 안 들 수가 없단 말이지.

작가가 생전에 쓰던 소장품이나 수집품도 많으니 자료로 쓰기에 쓸모없냐고 하면 그건 또 아니긴 한데, 아무래도 근대에 진짜로 살던 집이다 보니 어쩔 수 없는 느낌이라고 해야 하나.

역시 로망은 로망일 때 좋은 것일까? 동경하던 곳에 막상 오니까 이래저래 영 실망할 수밖에 없다.

그렇게 생각하면서 내가 몸을 돌리던 그 순간.

"꼼꼼하게 둘러보시는군요."

"예?"

몸을 돌리자, 웬 백인 할머니가 뜻 모를 표정으로 나를 바라보고 있었다.

뭔가 어디서 본 것 같은 얼굴이긴 한데…….

모르겠다. 암만 봐도 처음 뵙는 할머니인데?

"실례합니다, 부인. 제게 말씀하신 겁니까?"

"어머나. 우리 말을 아주 잘하는군요. 아시아 식민지(east colony)에서 오셨나요?"

"뭐요?"

식민지? 나는 어이가 없어서 되물었다.

세상에, DTS와 꼴뚜기 게임의 시대에도 아직도 이런 시대착오적인 레이시스트가 있단 말인가.

……아니지, 저 주름살을 보자. 이미 뒈진 마거릿 대처가 되살아 와도 일갈할 수 있어 보이는 연배 아닌가?

그래, 세상 바뀐 걸 모르시는 분일 수 있지.

영국의 노인 중에는 대영 제국 시절에서 세월이 멈춘 사람도 있다고 들었으니까.

나는 애써 웃는 낯으로 말했다.

"아뇨, 전 한국에서 온 소설 작가입니다. 영어는 카투사라고, 미군하고 군 생활을 같이하면서 배웠습니다."

"그렇군요. 그럼 서부 식민지 출신인 건가요?"

"……허허허허."

대놓고 나라 이름을 말해 줬는데도 이런 반응이라니.

결국 사람이 아무리 좋아 보여도 영길리 혐성 국민들은 어쩔 수 없단 말인가?

내가 이런 생각을 하고 있다는 것을 아는지 모르는지, 노부인은 역으로 눈을 반짝이며 말했다.

"그건 그렇고 소설가라…… 그럼 이곳에는 선배의 발자취를 더듬어 보기 위해 찾아온 건가요?"

"일단은 그렇습니다."

"흥미롭군요. 그럼 당신은 어떤 소설을 쓰고 있나요? 잠깐 읽어 볼 수 있을까요?"

"아, 예."

나는 자연스럽게 스마트폰에 화면을 띄워서 넘겼다.

그러자 할머니는 품에서 안경을 꺼내더니 화면을 쓱쓱 당기며 읽어 내리기 시작했다.

가만, 그러고 보니 내 걸 영어로 출판된 적은 없는데? 이 할머니, 어떻게 읽고 있는 거지?

그렇게 생각한 순간 할머니는 대충 알았다는 듯 고개를 끄덕이더니 입을 열었다.

"과연, 그렇군요. 이런 형식인가요."

"그, 읽을 만하십니까?"

"그럭저럭요? 대사가 과하게 많고 문장도 짧아서 지나치게 말초적이긴 하지만, 이것도 나름의 읽는 맛이 있군요."

"어, 음."

그러니까, 어떻게 읽고 있냐고요…….

나는 그렇게 생각했지만, 할머니에게서 느껴지는 왠지 모를 위압감에 입을 다물 수밖에 없었다.

"솔직히 말하면 시대가 참 많이 변했다는 생각은 해요. 그, 비틀스였던가요. 전 그 밴드를 정말 싫어했는데, 젊은이들은 그들을 마치 헨델처럼 찬양하더군요."

"그, 그렇습니까."

비교 대상이 너무 다르잖아!

나는 어이를 잃고 입을 다물 수밖에 없었다. 근데 헨델은 독일 사람 아니었던가?

"당신은 어떤가요? 왜 요즘 사람들은 당신의 글이나 비틀스 음악 같은 말초적인 창작물을 더 좋아하는 거죠?"

"제 글이 비틀스랑 동일 선상에 놓인다는 것도 솔직히 좀 부담스러운 말이긴 한데요……."

나는 머리를 긁적이면서 그렇게 말했다.

음, 이걸 뭐라고 말해야 좋으려나.

"뭐, 간단히 말하면 너무 바쁜 게 원인이죠."

"바쁘다고요."

"예, 뭐."

애초에 난 비틀스를 잘 모른다. 내가 태어나기도 전에 정점 찍고 해체돼서 잊힌 전설이 된 밴드란 것만 알지.

그러니 일단 웹소설 위주로 설명하자.

나는 그렇게 생각하며 천천히 말했다.

"한국은 과로가 굉장히 심한 나라거든요. 공부든 업무든 진 빠지는 일을 너무 많이 하니 지치고, 차분히 예술을 즐길 시간은 적으니, 자연스럽게 더 효율적으로 쾌감을 얻으려 하는 거죠."

"그래서 자연스럽게 말초적인 예술을 선호하게 되는 거라고요?"

"정확하진 않지만 대충 그렇게 보시면 됩니다. 한마디로, 대중의 요구죠."

물론 여기에는 너튜브나 틱택 같은 동영상 스트리밍 사이트의 영향도 있다. 하지만 그건 이야기가 길어지니 줄이고.

"대중이라…… 그래서는 예술성이 떨어지지 않나요?"

"예술의 기준이 다릅니다. 지금은 대중이 무엇이 예술인지 규정하는 시대입니다. 한 명이라도 더 많은 대중이 인정하면 인정할수록 '예술'이 되는 시대죠."

즉, 대중성이야말로 예술성이다.

나는 그렇게 설명했고, 노부인은 고개를 끄덕였다.

"재밌는 이론이군요. 하지만 그래서는 애써 만든 작품들이 일회성으로 소비되지 않을까요? 글 쓰는 사람으로서, 문학사(文學史)에 길이 남을 걸작을 써서 대문호(大

文豪)라 불리고 싶다는 야망이 없나요?"

"없진 않았죠."

반지의 황제라거나 새 시리즈 사 연작이라거나, 그런 글을 써 보고 싶을 때도 있었다. 솔직히 글 쓰는 사람이라면 누구나 그런 꿈을 꿔 보지 않겠냐.

하지만 지금은 좀 다르다.

"대중의 시대에 대문호란 자리는 너무 고고합니다. 굳이 대(大)가 붙는다면, 대중의 옆에서 대작가(大作家)로 불리는 것이 더욱 영광스럽지요."

"흐음, 꿈이 꺾이는 건 아프지 않았나요?"

"별로요."

어쨌든, 오래 잘 팔리면 그뿐이다. 나는 그렇게 말하며 말을 이었다.

"이 저택의 주인께서도 그것을 증명하고 있지 않습니까?"

"그건 무슨 뜻이죠?"

"애거사 크리스티는 일평생 80편 가까이 되는 글을 썼고, 그중 제일 좋아한 주인공은 제인 마플이죠. 하지만 대중들이 에르큘 푸아로를 더 좋아한 결과, 작가 또한 푸아로의 주인공으로만 기억되지 않습니까? 저로선 어쨌든 잊히지 않는다는 게 더 부럽습니다만."

"후후후후."

노부인이 뜻 모를 웃음을 지었다.

뭐지, 내가 그렇게 재밌는 이야기를 했나? 그렇게 생각한 순간이었다.

빵- 빵-.

"아, 버스 탈 시간이네요."

"그렇군요. 아주 유익하고 좋은 대화였어요."

"그렇게 말씀해 주시니 감사합니다."

늦겠다. 나는 황급히 계단으로 달려갔다.

그런데.

"또 보면 좋겠네요. 핸슬."

"예?"

방금 뭐라고? 핸슬? 내가 내 이름을 알려 줬던가? 내 이름은 진한솔인데?

그렇게 생각하며 몸을 돌린 그 순간.

"어, 어어?"

몸이 붕, 하고 부유하는 느낌이 들었다.

설마 지금, 계단에서 미끄러진 건가?

"으아악!!"

이상하다. 분명 계단에서 미끄러졌을 뿐인데, 몸이 떨어지는 느낌이 너무 오랫동안 이어진다. 시야도 멀어지고, 소리가 암전된다.

끝없는 고독.

그리고 다시 눈을 떴을 때.

"……이런 젠장."

나는 하나하고도 반세기 전, 1890년의 영국에 있었다.

* * *

좋아, 마지막으로 딱 한 번만 더 말하자.

내 이름은 진한솔. 직업은 웹소설 작가다.

몇 년간 작품도 꽤 냈고 나름대로 먹고살 만한 기성 작가.

이번에는 모처럼 길게 휴가를 얻은 김에, 취재 여행 겸 성지 순례를 위해 영국 여행을 왔는데— 대체 왜 이런 일이 생긴 것인지 도통 이해할 수가 없다.

"시간 이동이라니."

게다가, 하필이면 1.5세기 전 영국이라니.

빅토리아 시대이자 벨 에포크. 1차 세계 대전 직전, 그나마 유럽에 마지막 평화와 번영 분위기가 감돌던 문자 그대로의 세기말 시대…… 라는 건 별로 중요하지 않다.

더 중요한 건, 컴퓨터가 존재하지 않는 시대라는 것.

그것은 곧 웹소설 작가로서 내가 쌓아 온 필모가 전부 무의미한 곳이란 뜻이다.

아니, 인터넷도 컴퓨터도 없는 곳에서 웹소설 작가가

뭘 하라고 이런 데에 떨어진 거란 말인가.

게다가.

"어이, 쿨리(苦力: 영미권에서 활동한 아시아인 저임금 노동자)! 뭐 해!?"

"잡생각 할 시간 있으면 나르던 거나 날라!!"

"아, 예! 갑니다!!"

다시 말하지만, 내가 당한 것은 환생이나 빙의가 아니라 트립, 즉 전이(轉移)다.

"세상에. 철 다 지난 전이라니……."

요즘 트렌드는 회빙환(회귀 빙의 환생).

그것도 나 같은 작가가 떨어진다면 자기 작품 속인데 말이다.

이제껏 얼마나 많은 동종업계 종사자들이 제 자식 같은 작품 속에 빠져 발목을 수도 없이 많이 찍혔더란 말이냐.

아니, 사실 내 작품 속이 아니어도 괜찮다.

다만, 기왕 19세기 영국에 온다면 최소한 귀족가 망나니나 부유하고 행복한 중산층 막내아들로 환생, 혹은 빙의 당하는 게 국룰 아닌가?

연고도 치트도 없이 제국주의와 백인우월주의의 종주국이자 총본산에 떨어진 동양인이라니…….

뭐, 원숭이 취급당하다가 노예로 말라 죽으라고?

그나마 불행 중 다행인 것이 있다면, 이 시대에도 일만 잘

하면 피부색이 뭐든 상관하지 않는 사람도 있다는 점이다.

그리고 더 다행인 건, 날 주워 준 고용주가 이런 케이스였다는 것이고.

"핸슬로(Hanslow)! 핸슬로, 어디 있나?"

"예, 주인마님! 여깁니다!!"

나는 내 이름을 부르는 약한 미국 억양의 영어를 듣고 달려갔다. 핸슬로라는 건 사실 카투사 있을 적에 친하게 지낸 미군 부대에서 적당히 붙은 이름이다.

한솔, 핸슬, 핸슬로, 핸슬로.

뭐 이런 식으로 적당히 발음만 꾼 거지만, 꽤 유용하게 쓰고 있다.

"뭐 하고 있길래 이렇게 늦었나?"

"죄송합니다. 밀러 씨."

미국 보스턴 출신의 지역 유지, 프레데릭 알바 밀러.

취미는 미술상(美術商)이다.

직업이 아닌 이유는 암만 봐도 이 양반, 본직은 그냥 한량 같거든.

내가 부름에 당장 달려오자, 한가롭게 시가나 뻐끔거리고 있는 것만 봐도 그렇다.

"짐 나르는 걸 돕다 보니 늦었습니다."

"그런 건 괜찮아. 어차피 시간도 많고, 오늘 내로 다 옮길 필요 없다네."

이거 봐, 이러니 내가 상인 아닌 것 같다고 하지.

내가 허허로이 웃고만 있자, 밀러 씨는 입에 물고 있던 시가를 빼고 보고 있던 그림을 가리켰다.

족자에 그려진 깔끔한 한 폭의 동양화였다.

"그보다, 이거 좀 봐주겠나? 중국어 같은데, 이게 무슨 글씬지 통 알아먹을 수가 있어야지."

"제가 봐도 되겠습니까?"

"자네 말고 알 만한 사람이 아무도 없는데 어쩌겠나. 자네가 봐야지."

사람은 확실히 좋은 사람이다.

금수저라 그런가, 아니면 진짜 사람이 좋아서 그런가? 사람이 순수하다.

봐라, 나 같은 일개 잡역부한테도 서슴없이 이 비싸 보이는 그림을 보여 주잖아.

나 역시, 그런 밀러 씨에게 감사한 마음을 담아 고개를 끄덕이며 그림, 정확히 말하면 족자를 확인했다.

그건 전형적인 동양풍으로 그려진 풍경화였다. 커다란 산과 폭포로 이뤄져 있는.

그것만이었다면 나도 이게 뭔지 알 방도가 없었겠지만, 다행히 그 여백을 채우는 시는 내가 적당히 유추할 수 있는 것이었다.

"이건 이태백(李太白)…… 그러니까, 천이백 년 전의

중국에서 활동했던 시인이 쓴 시입니다. 아미산월가(峨眉山月歌)라고, 중국 내륙에 있는 아미산이란 산의 풍광을 찬양하며 쓴 시지요."

"허어, 천이백 년 전이라니! 굉장히 오래됐군."

맞나? 솔직히 잘 모른다. 사실 내 한자 실력은 초딩 때 마술 천자문 빨로 딴 3급이 전부니까. 그 외의 한자는 무협 쓰다가 눈에 익은 거고.

"그럼 같이 있는 산의 풍경화도 그 시대 그림인가?"

"수묵화라고 합니다. 먹선만으로 산의 외곽선을 그리고, 먹의 농도에 따라 질감을 구분하는 기법이지요."

"굉장하군. 매우 독특해."

이것도 마찬가지.

현대인에 빙의한 화가를 쓰면서 조사했던 자료들 덕이었다.

적당히 기억나는 것을 그대로 머릿속에서 짜 맞춰서 읊는 것일 뿐이지만, 이걸로 밥 빌어먹고 있으니 그걸로 된 거지.

체계적인 지식의 보고, 파라콰이위키 만세다!

물론 아마추어 수준도 안 되는 지식이니 틀린 것도 많을 것이다.

하지만 뭐, 틀리면 지들이 어떠냐?

밀러 씨 말마따나 19세기 말 영국 촌구석에는 아시아인이 드물다. 그것도 대부분은 인도인이며, 극소수의 중국인도 있긴 하지만 대부분 까막눈이다.

이런 상황에 내가 좀 틀려도 알아차릴 사람은 없다. 적당히 꾸며 내면 그만이지. 중요한 건 내용이 아니라 자신감이다.

"그러면 이건 어떤가? 내가 보기엔 아주 귀한 도자기로 보이네만. 일본에서 비싸게 주고 사 왔지."

"예, 제가 자세히 아는 바는 없지만 이건 일본이라기보단 그 옆의 나라, 조선에서 온 것으로 보입니다. 자기 아래쪽에 있는 인장이……."

이런 식으로.

그런 일이 계속되자 밀러 씨는 점차 나를 신임하게 되었고. 내게 동아시아 관련 가구, 도자기, 그림 등을 전담시켰다. 비정규직 잡역 알바생에서 정규직으로 채용됐다는 뜻이다.

그리고 이 신임을 기회로, 나는 다른 쪽으로도 손을 뻗었다.

"핸슬로, 성공일세!! 네덜란드에서 그, 고흐? 고우? 인가 하는 화가의 전시전이 열렸어! 그림값이 오르고 있단 말일세!"

"축하드립니다, 밀러 씨!"

"이럴 때가 아냐. 당장 네덜란드에 가서 자네가 사들이자고 했던 그림들을 다 팔아치워야겠군! 같이 가겠나?"

"얼마든지요."

"좋아, 이번 출장에선 약속했던 대로 원하던 그림을 인센티브로 주지!"

"감사합니다, 밀러 씨!!"

21세기에는 교양을 넘어 상식의 영역에 있지만, 1890년대에는 아직 발굴되지 않았거나 잘 쳐 줘도 그냥저냥인 거장들의 그림.

200년 뒤에는 억대로 치솟는 그 예술품들을 이 시기에는 휴지나 다름없는 가격에 구할 수 있다.

그렇다면?

"근데, 정말 겨우 그 정도 작품으로 되겠나? 자네라면 훨씬 더 비싼 걸 말해도 사 줄 텐데······."

"어휴, 아닙니다. 전 이게 제일 좋습니다."

"하지만······ 해바라기 하나만 덩그러니 그린 그림이라니. 뭐, 독특한 맛이 있긴 하네만."

당연히 풀 매수 들어가야지.

코인이 별거냐? 이게 원시 코인이지. 몇 년만 묵혀 두면 이게 가격이 수십만 배는 뛴다.

이 해바라기 그림 하나가 무려 수백억짜리라고!?

"ㅎㅎㅎ."

그렇게 정당한 뒷돈을 차곡차곡 챙겨 가면서 노후 준비까지 확실히 챙겨 갔다.

언젠지 정확진 않지만, 결국엔 떡상할 운명의 물건들이니 확실하겠지.

그때까지는 느긋하게, 기다리기만 하면…… 되는데.

"핸슬, 핸슬!!"

"놀자! 목말 해 줘! 목말!"

"한 명씩, 매지 아가씨! 몬티 도련님!! 한 명씩 올라타세요! 한 명씩!!"

갑자기 와다다 달려온 두 아이가 날 향해 달려들었다.

반사적으로 두 아이를 받아든다.

초등학생 나이인 밀러 씨의 딸 마가렛 밀러. 그리고 그 한 살 아래 아들인 루이스 몬티 밀러.

두 아이가 내 어깨를 한쪽씩 차지하고 매달린다.

밀러 씨는 미술상을 당신의 저택인 애쉬필드(Ashfield) 저택에서 운영하고 있다.

때문에 정규직이란 얘기는, 동시에 애쉬필드 저택의 사용인이란 소리기도 하다.

처음이야 좋았지.

밀러 씨가 날 중용하던 시기와 둘과 놀며 친해진 시기가 귀신같이 일치했거든.

나이 차 많이 나는 사촌 동생들이랑 놀아 주던 경험을 살린 보람이 있었달까?

근데, 애들이 날 좋아해도 너무 좋아한다.

초등학교 3~4학년이면 다 큰 애들 아닌가. 목말은 이제 좀 무리지. 허리 나간다, 허리……!

"마침 잘됐군. 핸슬로, 잠시 애들이랑 집 좀 보고 있어 주겠나."

그렇게 애들한테 시달리고 있는 나에게 다가온 밀러 씨가 말했다.

"시내로 나가십니까?"

"음. 클라라의 요양이 아직 안 끝났으니, 아내 곁에 있어 줘야지."

참 정력도 좋은 양반이다.

나는 애들이 이렇게 컸는데도 부인에게 셋째를 임신시킨 정력가 고용주를 힘겹게 배웅하곤 아이들을 향해 말했다.

"자, 이제 슬슬 일어납시다."

"싫어! 더 할래!"

"그럼 오늘은 이것만 하고 이야기는 넘어갈까요?"

"피…… 핸슬! 그럼 대신 오늘은 어제보다 많이많이 해 줘!"

"네네, 그럼 모두 손잡고 들어가죠."

"와!"

최근 이런 일이 많아서 그런지, 내가 보모 겸 집사 겸 가정교사까지 맡으며 두 아이와 함께 집을 보는 일이 늘었다.

 당연히 근무 시간 외 업무이긴 했지만, 딱히 불만은 없다.
 이 애쉬필드 저택은 굉장히 드넓고 광활한 사유지를 가진 대저택이었고, 거기에 딸린 정원은 거의 숲에 가까웠다.
 끝자락 절벽에 가면 요트가 떠다니는 강가 경치도 끝내준다.
 푸르른 초원에 앉아서 그림책을 읽어 주면 까르르 웃으며 뛰어노는 아이들.
 내 취향은 좀 더 비즈니스호텔 같은 편리성 위주라 생각해 왔지만, 이런 곳에서 아무 생각도 없이 토끼 같은 애들 둘과 영화 속 휴가 같은 나날을 즐기고 있노라면…… 머릿속에 있던 복잡한 생각이 싹 날아가는 상쾌한 기분이 든다.
 여기에 김밥과 라면까지 있었다면 금상첨화였겠지만 어쩔 수 없지.
 베이컨 샌드위치와 말린 과일로 대신하자.
 조리법이 단순해서인지, 영국에서 먹어도 충분히 맛있다.
 하루하루에 만족감을 느끼는.
 이렇게 모두가 행복한, 애쉬필드에서의 목가적인 생활로 달력이 서서히 넘어갈 무렵.
 "실례합니다. 여기에 한슬로 진(Hanslow Jene) 선생님이 계신단 말씀을 듣고 찾아왔습니다만."

어느 날 토키에서 보기 드문, 전형적인 영국 도시 신사다운 남자가 찾아왔다.

아니, 그보다…… 뭐라고?

"한슬로는 접니다만…… 선생님이요?"

"오, 오오! 오오!!"

그 순간이었다.

신사라고 생각했던 양반이 갑자기 풀썩 무릎을 꿇더니 내 발밑에 키스할 듯 기어 왔다.

아니, 애들 보이기 민망하게 이게 뭐 하는 짓이야?

그리고.

"선생님!! 아니, 작가님!! 이제야 찾아뵙습니다!!"

"……작가님이라고요?"

이게 대체 무슨 소리야. 영문을 알 수 없는 소리에 어안이 벙벙해 있는 내게 그는 눈을 빛내며 과장된 몸짓을 해댔다.

"네, 작가님이 이 소설의 저자 아니십니까!?"

그는 곧 품에서 얇은 책 하나를 꺼내 보였다. 나는 그 책의 제목을 못 박힌 듯 바라볼 수밖에 없었다.

〈피터 페리와 요정의 숲(Peter Perry and Fairies' Forest)〉.

"이, 이건."

 직업상, 나는 이 시대에 출판된 웬만한 책들은 거의 다 안다고 할 수 있다.

 하지만 그런 내 미래 지식 안에, 이 시기 이런 책이 출판되었다는 사실은 없다.

 그야 그럴 수밖에.

"대체 이게 뭡니까?"

 내가 여기 와서 애들 보라고 써 준 책이었으니까!

 근데 이게 왜 저 양반 품에서 나오는 거지? 그것도 번쩍번쩍한 금박으로 장식된 멋들어진 필기체의 제목까지 더해서?

 아직도 멍하니 있는 나에게, 신사가 마치 천둥처럼 소리쳤다.

"왜 그리 당연한 걸 물으십니까? 지금, 런던에게 제일 인기 있는 소설 아닙니까, 선생님!"

"……예?"

 이게 무슨 귀신 씻나락 까먹는 소리야?

의문의 데뷔

〈피터 페리와 요정의 숲〉.

내가 이 소설을 왜 썼는가 하면 별 이유는 없었다. 그냥 고용주님 애들하고 친해지기 위해서였다.

―핸슬, 책 읽어 줘.
―그건 재미없어. 벌써 다 읽었단 말이야.
―더 재밌는 거 보고 싶어!

한창 호기심 충만하고 학구적인 성향 충만한 부잣집 애들. 그게 우리 고용주인 밀러 씨네 남매였다.

자산가답게 밀러 씨도 꽤 많은 책을 갖고 있었다. 서재가 거의 무슨 도서관 수준이었으니까.

하지만, 그걸로는 부족했다. 그것도 한~ 참.

그럴 수밖에 없었다. 이 시대는 아직 BIN 증후군이 없어서인지 작가들이 책 내는 속도가 느려 터졌단 말이지······.

웹소설 시대는 일일 연재가 기본이지만 이 시대는 월간 연재가 기본이다. 분량도 대략 4~5회 수준밖에 안 되고.

당연히 기억력도 좋고 머리도 좋은 어린애들로서는 감질날 수밖에 없는 속도다.

그래서 고용주 아들딸과 친해진다고 나쁜 것도 없었고, 매번 허리 아픈 목말을 태워 줄 수도 없으니. 그 고된 일에서 벗어나기 위해 습작 겸 끄적여 본 것이 바로 저 책이었다.

영국 애들 취향에 맞춰서 〈제인 에어〉나 〈헨리 포터〉스럽게 썼다는 게 제목에서부터 느껴지지 않는가?

내 감도 죽은 건 아닌지, 다행히 반응도 괜찮았다. 단편 소재였음에도 불구하고, 매지나 몬티는 하루걸러 하루꼴로 찾아와서는 더 써 달라고 크로스 어택을 날려 댔으니까.

덕분에 밀러 씨네 미술상 업무를 하며 틈틈이 이야기해 줬지.

분명, 업무를 보다 남는 질 나쁜 종이에 써서 대충 묶어 둔 게 전부였을 터. 심지어 그마저 요즘엔 바빠진 사업 탓에 뜸해져 있었다. 그런데······.

그게 왜 뜬금없이 저 양반 손에서 나오냐고!

"아직 인사를 안 드렸죠? 실례했습니다! 저는 리처드 벤틀리 주니어(Richard Bentley Jr.)라고 합니다. 가문의 출판사를 잇기 위해 편집자로 일하고 있지요."

"아, 예."

신사는 웃으면서 명함을 보여 줬다.

나는 그, 리처드 벤틀리와 아들(Richard Bentley and Son) 출판사의 명함을 적당히 호주머니에 넣었다.

솔직히 잘 모른다.

이 시대 작가도 아니고 출판사 이름을 일일이 기억할 수는 없으니까.

그 순간 벤틀리의 얼굴에 잠깐 실망의 색이 번졌지만, 과연 영업직.

순식간에 원래의 비굴한 얼굴로 돌아왔다.

아니, 지금 중요한 건 그게 아니지.

"그래, 그래서 그 벤틀리 씨가 어떻게 제 개인지를 가지고 계신 겁니까?"

"예? 개인지라뇨? 그, 우편으로 저희 회사에 투고하시지 않으셨습니까?"

"무슨 말씀이세요? 전 그걸 출판할 생각이 없었는데요?"

나는 진심으로 어이없는 표정으로 말했다.

나는 이 개인지를 출판할 생각이 전혀, 일체, 절대 없었다.

당장 나 자신이 바쁘기도 했지만, 솔직히 영국에 온 지 몇 년밖에 안 된 토종 한국인인 내가 영어로 두드린 글이 잘 팔릴 리가 있겠냐고. 그것도 이 낭만(웃음)의 시대에?

차라리 왕립 문학협회(RSL)에 조리돌림 되는 게 빠르겠다.

"어떻게 된 건지는 모르겠지만, 저작권자로서 썩 유쾌한 상황은 아니군요."

내가 불쾌해하며 그렇게 말하자, 벤틀리 씨의 동공이 마치 리스본 대지진이 난 것처럼 흔들렸다.

그는 당황한 듯, 자신의 손수건으로 연신 땀을 닦으며 말했다.

"하, 하지만 작가님. 작가님의 작품은 이미 저희 출판사의 월간 잡지인 〈템플 바(Temple Bar)〉의 최대 인기작입니다만."

어쩌라고.

나는 심드렁하게 귀를 후볐다. 내가 대충 두드린 게 최고 인기작이라니, 그 잡지도 어지간히 인기 없는 잡지인가 보지.

그렇게 생각한 순간이었다.

"이, 이걸 봐주십시오!!"

신사는 들고 있던 가방에서 두툼한 봉투를 꺼내 속을 내보였다.

 갖가지 향수가 뒤엉켜 섞인 진한 꽃 냄새가 내 코를 찌른다.

 난 인상을 찌푸리며 물었다.

 "이건 뭡니까?"

 "작가님 앞으로 온 팬레터입니다!!"

 "팬레터요?"

 진짜 몰카 소재도 화려하게 만들었다. 나는 어이가 없어서 편지들을 꺼냈다.

 그런데…….

 "어?"

 그런데 진짜였다. 그곳엔 한슬로 진 작가에게, 라고 보내는 무수히 많은 편지가 있었다.

 이건 런던에서 보낸 거고, 이건 플리머스네? 세상에, 에든버러에서 보낸 것도 있다.

 대체 내 글, 얼마나 팔리고 있는 거야? 대체 왜?

 "실로 열화와 같은 성원 아니겠습니까? 저희 출판사에서도 이 열의에 맞춰 이번에 단행본 출판을 할 겸, 작가님 얼굴을 뵈려고 온 거였습니다."

 "그럼, 아직 책은 출판한 게 아닌 겁니까?"

 "그렇습니다. 이건 견본이지요. 작가님께 드릴 증정본

을 겸하기도 하고요."

그러니까 아직은 잡지 연재만 하고 있다는 뜻이다.

하지만 어쨌든 이미 팔리고 있는 시점에서 내 권리가 침해당했다는 건 바꿀 수 없는 사실이다.

오랜만에 저작권자로서의 감각이 날카롭게 벼려진다.

자, 이제라도 이 벤틀리인지 맥밀란인지를 추궁해서 대체 누구한테 투고 받은 건지 정확하게 알아보려던 그 순간.

"핸슬? 무슨 일인가?"

"아, 밀러 씨."

내 고용주, 밀러 씨가 귀가했다.

나는 벤틀리가 무어라 하기 전에 빠르게 말했다.

"죄송합니다. 웬 도둑놈이 헛소리를 해 대고 있어서. 즉각 처리하겠습니다."

"도둑놈?"

"자, 작가님! 그게 아니라니까요!!"

조용히 하세요, 이 도둑놈아.

어쨌든 제대로 계약도 안 하고 내 책을 팔아넘긴 건 사실이잖아? 뭘 잘했다고.

내가 모 성직자마냥 이 두꺼운 책으로 자칭 편집자의 두개골을 함몰시키는 방안에 대해 진지하게 검토할 때였다.

밀러 씨가 다가오더니, 내 손의 두개골 함몰용 둔기를 넘겨받고는 말했다.
"그래, 이게 이제야 온 거로군."
"예?"
잠깐만.
'이제야'라고요? 이건 또 무슨 소리야? 왜 밀러 씨가 내 책이 나온 걸 기다렸다는 듯 말하는 건데?
나는 내 고용주를 보며 의아한 눈으로 보았다.
그러자 밀러 씨는 그런 내 시선에 피식 웃더니 파이프 담배를 꺼내며 말을 이었다.
"음, 실은 말일세. 매지가 나한테 자네를 좀 혼내 달라더군."
"혼이라뇨. 제가 뭘 잘못했길래……."
"핸슬, 자네가 쓴 책이 너무 재밌는데 다음을 안 써 줘서 화가 난다고."
"……."
뭔가 어처구니가 없는데 이해가 안 되는 건 아니다.
한국에서 판타지 읽어 본 사람 중에 감나무 방화의 숙원을 품어 보지 않은 사람은 없으리라.
"물론 나로선 자네처럼 유능한 직원이 일에 집중해 주는 게 좋지. 하지만 그것과 별개로 매지가 그렇게까지 말할 정도면 얼마나 재밌을까 생각했지. 그리고 봤네, 나도 재미있었네."

"밀러 씨……."

아이들에겐 언제나 듣던 말이었지만, 다 큰 어른인 그에게서 같은 말이 나오니 그 무게감이 다르게 느껴진다.

사람은 클수록 칭찬을 받을 일이 적어진다더니, 그래서일까? 가슴께가 묘하게 저리는 느낌.

"하지만 나는 상인일세, 그것도 미술상. 내 손에 있는 예술품의 제대로 된 가치를 알아야지만 직성이 푸는 직업. 자네도 잘 알고 있듯 말이야."

"그래서 전문가에게 확인하려 했다는 거군요. 제게 미술품에 관해 물어보셨던 것처럼."

답은 그의 입가에 빙긋 솟아오른 미소로 충분했다.

오랜 기간 함께 일한 나였기에 전해지는 순수한 호의, 그게 그대로 전해지는 듯했다.

어휴, 그럼 나한테 말이라도 해 주시지. 이 양반, 신사로서는 굉장히 어설픈데 은근히 정이 깊단 말이야.

그렇게 생각하던 나는 문득 가장 중요한 것을 떠올렸다.

"그러면 인세는요?"

"자네 통장 번호도 투고할 때 같이 보냈을 텐데? 혹시 출판사에서 안 보냈나?"

"확인하지 못했습니다. 요즘 너무 바빴잖아요."

"그건 그렇지."

휴대폰이 있는 시대도 아니니, 돈이 들어오는 걸 인터넷 뱅킹처럼 실시간으로 확인하는 게 불가능하다. 애초에 애쉬필드는 촌 동네라 은행이 없기도 하고.

제대로 확인하려면 데번주에서 제일 큰 엑시터까지 가야 한다.

어떻게 해야 하나 고민하던 그 순간, 리처드 벤틀리가 벼락같이 말했다.

"걱정하지 마십시요! 혹시 이런 일도 있을까 봐 작가님 앞으로 보냈던 인세의 전표를 끊어 왔습니다."

"전표라고요?"

괜찮으려나…… 나는 살짝 밀러 씨를 보았다.

그러자 밀러 씨는 고개를 끄덕이더니 손을 내밀었다. 한번 확인해 주겠다는 뜻이다. 나는 그에게 전표를 넘겨주었다.

품에서 외 알 안경까지 꺼내 쓰고 꼼꼼하게 확인한 그는 내게 그것을 돌려주며 말했다.

"확인했다네. 틀림없군."

"금액은 얼맙니까?"

"300파운드 정도? 그럭저럭 괜찮군."

300파운드!? 아니, 그럭저럭 수준이 아닌데요?

그 정도면 한화로 칠천만 원 정도 아닙니까? 겁나 많은데요?

그렇게 외치려던 나는 이 양반이 금수저에, 취미로 억대 미술품을 다루는 미술상이라는 사실을 다시 한번 깨달았다.

그리고 그것은 내게 더없이 큰 도움이었다.

"그, 그럭저럭이라니요! 저희 출판사에서도 상당히 무리한 인세입니다!"

"그래? 벤틀리 사의 이름값을 믿고 넘겼는데, 아무래도 상당히 힘든 모양이군. 이보게 핸슬, 혹시 조지 뉴스(George Newnes)라고 아는가? 처가와 인맥이 있는 언론인인데, 요즘 새로 잡지를 내려 준비 중이라더군. 이름이 아마, 〈스트랜드 매거진〉이랬나······."

"자, 잠시만요!!"

거 보게.

밀러 씨는 히죽 웃으면서 내게 눈웃음을 쳤다.

역시 밀러 씨야, 벗겨 먹을 때는 가차 없지.

난 그의 수완에 새삼 감탄할 수밖에 없었다.

요즘은 그림보단 크리켓에 빠져 사는 날이 더 많긴 하지만, 그래도 자수성가해서 영국으로 건너오는 데 성공한 사람이다. 상인으로서 잔뼈가 굵다면 굵지, 얇진 않단 뜻이지.

리처드 벤틀리 주니어는, 그런 밀러 씨 앞에서 마치 도축되는 소처럼 구슬프게 조건을 토해 낼 수밖에 없었다.

결국 밀러 씨의 만족했다는 표정 아래, 벤틀리 출판사와 내 계약은 내게 굉장히 후한 조건으로 이루어지게 되었다.

이 시대에 비해 작가의 인권이 훨씬 좋은 편인 미래의 한국 기준으로도 어지간한 대형 작가급 조건이었으니, 나로서도 군말할 이유가 없었다.

"감사합니다, 밀러 씨."

"고마우면 앞으로 열심히 쓰시게, 작가님. 매지가 그만큼 기대하고 있으니 말일세."

"하하, 미리 사인이라도 해 드릴까요?"

"후하하하! 그래 주면 고맙지."

리처드 벤틀리가 떠나간 뒤, 나는 밀러 씨와 너스레를 떨며 그가 두고 간 책에 적당히 필기체로 사인했다.

재질은 진짜 좋구만, 이거.

그날 이후, 난 미술상 일과 집필을 동시에 하기 시작했다.

정확히는 어마어마하게 적어진 일이라는 밀러 씨의 호의 아래에서 타자기를 두드리게 됐다는 것에 가까웠다.

일이야 정말 급할 때나 가끔 감정에 도움을 주거나, 아이들 낮잠 시간 전까지 산책하는 정도.

그러면서도 급료는 줄이지 않은 것을 보면 정말 감사할 따름이었다.

그렇게 좋아진 환경에서 시작한 집필이긴 하다만.

"흠, 이런 걸로 정말 괜찮을까?"

사실 내겐 아직도 약간의 불안감이 남아 있었다.

런던에서 제일 인기 있다고 했는데 뭐가 걱정이냐고?

그야 편집자들의 뻔한 의욕 고취용 단어가 아니겠는가, 그걸 곧이곧대로 믿기엔 닳을 대로 닳은 몸.

게다가 경쟁자가 언터처블이다. 밀러 씨가 소개해 주겠다던 그, 눂스인지 뉴스인지 하는 양반이 펴낸다는 잡지, 〈스트랜드 매거진〉이라고 했던가? 그게 바로 셜록 홈스 단편이 연재되는 잡지다. 동서고금 최고의 탐정 소설이 바로 내 경쟁자라고.

현대 문학에 있어선 나름의 특이점이라 할 수 있는 시기.

과연 정말로 내 글이 먹힐까? 작가로서 생기는 당연한 고민과 걱정.

"어휴, 고민해 봤자 마감만 늦어지지. 일단 쓰자."

원래 글이 뜨느냐 아니냐는 하늘이 정하는 법.

이럴수록 머리는 비우는 것이 더 도움이 된다. 내가 할 수 있는 것은 그전까지 비축을 만드는 것뿐이다.

"게다가 어차피 안 된다 해도, 내겐 소중한 유물 코인이 있으니까."

먹고 사는 데는 문제 없겠지.

든든한 곳간을 떠올리며 타자기를 두드렸다.

그래, 그때까지만 해도 그렇게 생각했다.

그런데.

〈피터 페리와 셜록 홈스, 이 시대의 주인공들!〉
〈리처드 벤틀리 출판사, '사상 최대 실적' 연속 행진!〉
〈루이스 캐럴 대극찬…… "내 학생들에게 꼭 읽혀야 할 책이 있다면, 다름 아닌 피터 페리다."〉

"아니."
나는 조용히 신문을 덮었다.
……이거, 너무 잘 팔리는데?

* * *

앞서 말했듯, 〈피터 페리와 요정의 숲〉은 유명한 영국 아동소설이자 판타지 작가의 유작인 〈헨리 포터〉 시리즈의 분위기에 K판타지식 정령의 클리셰를 섞은 책이다.
어려서 부모님을 잃고 먼 친척 집에 맡겨져 학대를 당하던 10살 소년 피터 페리는 어느 날, 집 뒤편의 숲에서 길을 잃어 요정의 숲(Fairy's Forest)에 휘말린다.
숲속에는 땅속의 땅딸막한 드워프(Dwarf), 물속에서 사는 님프(Nimph), 나무를 가꾸는 엘프(Elf), 몸집이 작은 실프(Sylph). 이렇게 네 종류의 요정과 이들을 양육하는 요정학교 '오베론 아카데미아'가 있었다.

소년 피터는 부모나 현실 따위는 전부 잊고, 이 요정학교의 유일한 인간으로서 요정 친구들과 사랑과 우정을 나누며 행복한 시간을 보내게 되는데…….

그러던 어느 날, 고대 요정왕 오베론이 아카데미아 지하에 봉인했던 어둠 요정이 풀려나며 위기가 닥쳤고, 피터는 이에 맞서 친구들과 함께 학교를 구한다…… 라는 내용이다.

미래인인 내가 보면 정제된 클리셰로 점철된 왕도 그 자체.

하지만 19세기 말의 영국에서는 어떠한가.

"정말 참신하고 순수한 동화 그 자체지요, 작가님!"

신문을 가져다줬던 리처드 벤틀리 주니어가 희희낙락하며 말했다.

"요즘 아이들이 제일 좋아하는 소재라면 단연코 요정! 그런 요정들에게도 학교가 있고 교육을 받는다는 참신한 발상도 그렇고, 요정을 네 종류로 구분해서 취향에 따라 골라잡을 수 있는 각양각색의 매력까지 뽐내게 만들어 주시지 않았습니까! 그리고 피터 페리는 또 어떻고요! 이런 아이를 싫어하는 어른들은 없을 겁니다!"

호들갑 떨기는…….

나는 좀 진정하라고 말하려고 했다. 하지만 그 전에 옆에 있던 밀러 씨가 먼저 고개를 끄덕이며 끼어든다.

"내 생각도 그렇다네, 핸슬. 나도 책으로 읽어 봤네만, 아주 재기발랄하면서도 선량하고 모범적이기 그지없는 소년이야. 우리 몬티도 본받았으면 좋겠군."

"에이, 몬티도 그만하면 착한 애죠."

"주인공뿐이겠습니까! 친구인 이루릴이나 윙키도 톡톡 튀는 맛이 있는 캐릭터들이죠. 검은 머리라는 이유로 배척받은 순진무구한 엘프에, 장난스럽지만 속이 깊은 실프라…… 정말 보기만 해도 매력적인 캐릭터들 아닙니까?"

이게 그 정도인가?

나는 벤틀리의 극찬에 그저 가만히 고개를 끄덕일 뿐이었다.

솔직히 말하면 그냥 하던 대로 웹소설 식의 갭모에형 캐릭터 조형을 했을 뿐이다.

오히려 대상 독자가 어린 매지나 몬티라서 알기 쉽게 하려고 그 색을 약하게 준 면도 있다.

이 정도는 웹소설은 물론, 대중 문학이라면 당연히 해야 하는 거 아닌가…… 했는데.

생각해 보니까 이 시대는 아직 대중 문학이 개발 도상 중이다. 평면적인 캐릭터 상이 일반적이었지?

"게다가, 솔직히 말해 동화라는 것들 대부분이 영……

요즘 보기엔 꺼림칙하고, 좀 지저분하지 않습니까?"

"바로 그거지. 푸른 수염 같은 프랑스 개구리 놈들 동화를 보게. 그게 무슨 동화인가?"

그 말에는 나도 고개를 끄덕일 수밖에 없었다.

애들용이라고 하면서 애들을 위한 동화가 없는 게 빅토리아 시대의 현실이었으니까.

거 왜, 인터넷 짤방으로도 자주 돌아다니지 않았던가, 과거의 세계 명작 동화(절망 편) 같은 거.

헨젤과 그레텔을 내쫓은 건 사실 친모고, 마녀를 죽인 게 사냥꾼이 아니라 그레텔이 뒤에서 민 거며, 신데렐라는 유리구두에 맞춰 언니들 발을 잘랐지.

백설 공주는 친모였던 왕비를 달군 쇠 구두를 신겨 태워 죽이고.

빨간 두건은 그중에서 TOP다.

대놓고 식인과 강간을 집어넣어? 그림 형제 아재들 정신에 무슨 문제 있었나 싶을 정도다.

클라라 밀러 부인이 애들한테 책 읽히지 말라는 이유가 있었다니까?

이런 시대에 내가 쓴, 한국 장르문학계 기준에선 아무리 낮게 잡아도 라노벨 정도의 글조차 건전한 아동문학으로 받아들여진 것이다.

진짜 대단하구나, 낭만(榮)의 시대!

그런 걸 보고 자라니 아이들이 제국주의 아니면 전체주의 같은 인간 말종들로 자라는 거지.

"그래서 이렇게 잘 팔렸다는 거군요."

"그렇지요, 작가님!"

"좋습니다."

나는 리처드 벤틀리 주니어를 보며 고개를 끄덕였다.

내 담당 편집자로 정식 발령받은 이 차기 사장님의 시장 분석은 내가 들어도 꽤 납득이 갔고, 그래서 마음에 들었다.

이 사람, 생각보다 유능할지도?

"그러면 일단 여기 월간연재용 원고입니다."

난 생각난 김에 완성된 원고를 내밀었다.

하지만 원고를 받지 않고 멍하니 내 얼굴만 쳐다보는 그.

잠시 침묵이 있고 난 뒤에, 그는 깜짝 놀란 듯 튀어 오르며 입을 열었다.

"그, 계약한 지 아직 한 달밖에 안 됐잖습니까? 벌써요?"

"한 달'이나' 있었죠. 게다가 생각해 둔 게 없진 않았으니까요."

"아니, 그렇다고 해도 이 양은……."

뭘 이 정도로…….

의문의 데뷔 〈49〉

웹소설 작가라는 직업은 일일 연재를 해야 살아남는 사람이다.

그리고 그 1화 분량은 최소 5천 자.

요컨대 한 달에 최소 15만 자 정도는 써야 그 빡빡한 연재 일정을 버틸 수 있다는 뜻이다.

이 시기 월간 연재는 우리 기준으로 친다면 대략 7~8화 정도 분량 정도니까……

즉, 내가 30일 연재하는 속도면 이 시대에선 반년치를 족히 쓰고도 남는단 소리였다.

되려 오랜만에 각 잡고 글을 쓰는지라 예전 속도는 안 나오더라.

나는 그렇게 생각하며 벤틀리에게 한 달 동안 쓴 원고 봉투를 꺼내 통째로 넘겼다. 그러자 얼떨떨한 편집자가 경악하며 말했다.

"아, 아니…… 이거 너무 많은데요?"

"그렇습니까? 이 정도는 다들 하지 않아요?"

"다들 하다니…… 그게 가능했다면 런던의 모든 윤전기(輪轉機)가 폭발했을 겁니다."

꿈만 같은 일입니다. 라는 그의 말에 난 작게 고개를 끄덕였다.

새삼스럽지만 내가 가진 이질성을 느꼈기 때문이다.

하긴, 나도 어렸을 때 출판 서적을 읽을 때는 짧으면

몇 개월, 길면 년 단위로 기다리긴 했지.

그런데 지금은 100년도 훨씬 전이니…… 당연하다면 당연한 차이였다.

게다가 나야 타자기로 두들기지만, 이 시대 작가면 아직 펜과 잉크로 쓸 때 아닌가.

손목 작살 안 나나?

내가 그렇게 다른 의미로 감탄하고 있을 때, 벤틀리가 원고를 가만히 넘기며 물었다.

"이번 원고는 피터의 모험보다는 학교에서의 일상에 초점을 맞췄군요."

"옴니버스 방식으로 썼으니까요."

피터 페리와 요정의 숲은 태생부터가 단편에 맞춰진 내용이었던지라, 연재를 늘리기 위해선 어쩔 수 없는 선택이었다.

완전 처음부터 쌓아 가자니 내 기준으론 전개가 생뚱맞고 너무 느려졌기에, 잽을 날리듯 에피소드마다 복선을 깔아 시간을 번 뒤 새로운 전개를 만들어 낸 것이다.

에피소드 사이에 힘 빼기 위한 내용을 넣는, 장기 연재를 위한 꼼수지.

"좋군요! 확실히 빠른 전개가 일품이던 이전과는 조금 다른 맛이지만, 이건 이거대로 재미있네요!"

"그렇죠?"

"예. 소소한 매력으로 요정들의 세계를 더 자연스럽게 보여 주는 게, 오히려 이쪽이 좋다는 독자들도 있을 것 같군요. 아니, 분명 있을 겁니다! 역시 대단하십니다!"

다행히 잘 통한 모양이네.

나는 몰래 안도의 한숨을 내쉬었다.

다만, 이 방식은 진입 장벽이 낮은 대신 서사 구조와 설정 체계가 약해지는 단점이 있다.

그래서— 나는 또 다른 원고 뭉치를 벤틀리에게 넘기며 말했다.

"그리고 이쪽은 2권 단행본 분량입니다."

"예? 2권이요? 단편집이 나오려면 아직 최소 2~3화는 더 주셔야 하는데요?"

"단행본이 아니라, 스토리 진행용입니다."

"……진행이라고요?"

"예, 이쪽은 피터 페리가 요정학교의 2학년으로 올라가면서 생길 또 다른 요정들과의 갈등 스토리입니다."

"허어어어."

벤틀리는 그렇게 탄식하며 천천히, 하지만 이내 빠르게 원고를 넘기기 시작했다.

얼마나 넘겼을까, 중간 부분까지 빠르게 넘긴 벤틀리는 눈에 불을 켜고 흥분하더니 소리치듯 말했다.

"이, 이놈들이 이거!!"

"어떻습니까?"

"굉장합니다! 이게 더 박진감 넘치고 재밌군요! 어째서 이쪽을 우선하지 않으시는 겁니까!?"

"진정하세요."

나는 흥분하는 담당 편집자를 진정시켰다. 그러고는 천천히 말했다.

"그건 단편으로 드린 옴니버스 에피소드들이 다 소진되면 연재해 주시면 됩니다."

"바로바로 출판하는 게 더 잘 팔리지 않겠습니까?"

"하지만 그러면 밀당…… 밀고 당기기가 안 되잖아요."

"예? 뭘 밀고 당깁니까?"

음, 이것도 아직 개발 안 됐나? 나는 벤틀리 씨가 이해하기 쉽도록 천천히 말했다.

"벤틀리 씨, 방금 빠른 전개가 일품이라고 하셨죠?"

"그랬지요."

"거기에 독자들이 익숙해진다고 생각해 보세요. 어떻게 될까요?"

"글쎄요. 거기에 만족하지 않겠습니까?"

"그럴 리가요."

사이다 전개를 싫어하는 사람은 없다. 동서고금 어느 시대고 먹히겠지.

하지만 동시에 쉽게 물릴 수밖에 없다는 단점도 있다.

괜히 사이다패스가 욕먹는 게 아니지.

물론, 나 말고 다른 사람들도 이런 식의 사이다 마케팅을 한다면 나도 더 강한 사이다로 달릴 수밖에 없겠지만…… 이 시대에 사이다 공장을 가진 건 나 하나잖아?

그렇다면.

"굳이 독자들이 너무 일찍 적응되게 할 필요는 없잖아요. 그쪽 원고는 적당히 텀을 두고 게재해 주세요. 독자들이 빠른 전개의 맛을 조금씩 잊어 갈 때쯤 말입니다."

"……작가님."

그런 내게 리처드 벤틀리 주니어가 진지하게 말했다.

"작가님은…… 악마십니까?"

"무슨 실례되는 말씀이세요. 이래 봬도 모태신앙입니다."

농담은 아니다. 어머니가 성당 다니셨거든, 중학교 때 이미 냉담자였지만, 아무튼.

"그런데 어떻게 이런 악마적인 발상이 자연스럽게 나오십니까?!"

너무하네, 진짜.

난 그저 독자님들의 재미를 위해 최선을 다할 뿐이다. 선량하고 모범적인 대중 문학가로서 말이다.

"그건 그렇고."

그런 나와 벤틀리를 향해, 밀러 씨가 조용히 말했다.

"그러면 이제 시간이 나는 건가?"

"그렇죠, 아마?"

"예. 몇 달치 분량을 먼저 받았으니, 교정 보는 것만으로도 충분히 시간이 날 겁니다."

"험험, 그럼 잘됐군. 다음 달 일정엔 맞출 수 있겠어."

"뭐를요?"

"이거지."

밀러 씨는 그렇게 말하면서 내게 팸플릿 하나를 건넸다.

이건 또 뭐야?

나는 화려하기 그지없는 그 초대장에 눈을 크게 뜰 수밖에 없었다.

"런던에서 조지 왕세손이 테크(Teck: 독일의 지명)의 메리 공녀와 결혼식을 올린다는군. 대대적으로 퍼레이드도 하고, 작지만 박람회도 열릴 예정이야."

"왕족의 결혼식이요?"

그것도 그냥 왕족이 아니다. 왕세손이면 왕위 계승 서열 2위잖아? 그냥 고급도 아니고 초고급 호화 결혼식이 펼쳐질 거란 소리다.

여기에 로망을 느끼지 않으면 판타지 장르 못 쓰지.

하물며 미래처럼 권위 다 빠진 왕실도 아니고 전제왕권 수준의 빅토리아 시대잖아? 화려할 게 분명했다.

"어떤가? 나는 오랜만에 지인도 만나 볼 겸 구경 갈 생각인데, 같이 가겠나?"

런던이라…… 지금 내 소설이 유행하고 있다는 도시.

"저야 영광이지요."

"잘됐군요! 저희 출판사에서도 한번 대대적으로 출판 기념회를 하려고 합니다. 이번에 함께 보면 좋을 겁니다."

밴틀리도 신이 나서 말한다.

난 터질 듯 부푼 기대감을 간신히 누른 채 가만히 고개를 끄덕였다.

대영 제국의 수도, 런던.

세계에서 제일 잘나가던 모습은 과연 어떨까.

런던 나들이

 예전, 이라고 하면 말이 이상하긴 한데. 어쨌든 내가 왔던 미래에서의 런던은 그다지 좋은 도시는 아니었다.
 무능한 보수파 정부가 또 뻘짓을 했고, 브렉시트의 여파로 도시 자체가 죽어 가고 있었다. 서민들이 생존의 문제로 시위를 했고, 인종 문제로 몸살을 앓았다.
 무엇보다, 와이파이나 3G가 너무 느려 터졌다. 한국인으로서 이보다 끔찍한 일은 없지, 암.
 그렇다면 1890년대 초. 대영 제국의 수도이자 세계의 중심이었던 시기의 런던은 과연 어떠한가.
 "우웨에에에엑."
 어떻긴, 뭐가 어때. 150년 전이니 150년만큼 더 후지지. 거 왜, 인터넷 돌아다니다 보면 '대동여지도 그려질 시기에 런던은 세계 최초의 지하철을~' 운운하는 원충생물들이 출몰하지 않는가?

그 새끼들을 데려다가 저, 세계 최초의 지하철에 앉혀 버리고 싶다.

냄새는 구리지, 흔들리기는 어마어마하게 덜컹거리지, 에어컨이 있는 시대도 아니니까 굉장히 덥고 꿉꿉하지…… 심지어 노선 중 절반은 증기 기관차다!

이 미친 영길리 새끼들은 '지하'에서 증기 기관을 돌린다고! 그 시커먼 연기 풀풀 나는걸!

"아이고, 작가님! 괜찮으십니까!?"

"자네, 괜찮나? 그러니까 마차를 타지, 왜 굳이 서민들이나 타는 지하철 따위를 타겠다고 고집을 부려서."

아니, 이런 거라고 말씀을 해 주셨어야죠.

나는 울상을 지었지만, 아직도 속이 울렁거려서 제대로 말을 할 수가 없었다.

우웨엑—

여기서 원시적인 형태의 승강기를 타고 런던의 거리로 나서자, 다음은 안개의 나라였다.

스모그 천지라고!

아오, 제기랄. 숨이 턱턱 막히네, 이놈의 매연.

이 시대를 묘사할 때 흔히 나오는 표현 중에 콩 수프 안개(Pea soup fog)라는 표현이 있다.

누리끼리한 안개가 끈적거리는 게 마치 걸쭉한 수프 같다는 얘기다.

어우, 독해.

자연스럽게 손수건으로 입과 코를 가리게 된다.

이래서 영국인들이 손수건을 꼭 들고 다니는 거였구만. 지들도 이 스모그는 못 견디는 거다.

"자네, 괜찮나?"

"안 갠차나요."

"저런…… 코가 좀 약하신 모양이군요, 작가님."

이 스모그에 강한 인간이 있으면 그게 더 신기한데?

그렇게 쏘아붙이려던 나는 놀랍게도 이 안개 속에서도 활짝 웃으며 뛰어다니고 노는 아이들을 보고는 입을 다물어야 했다.

세상에, 역시 인간은 적응의 동물인가? 이런 매연 속에서도 저렇게 화창하게 웃고 다닐 수 있을 줄이야.

그래, 이겼다. 느그들 영길리가 짱 먹어라.

그런데, 저 애들이 노는 소리가 심상치 않았다.

"끝이다, 지옥왕(hell-king) 알비스!!"

"용기는 가상하구나, 피터! 울어라! 지옥의 검, 잉걸한(Inferno-mourne)!!"

"내가 바로 최강의 드워프 레슬러다! 자신 있는 놈만 덤벼라!"

"요정 숲을 위하여!!"

저게 도대체 뭐야.

나는 뛰어다니며 칼싸움 놀이를 하는 아이들이 하는 익숙한 대사와 고유명사를 들으며 머리를 감싸 쥐어야 했다.

참고로 알비스는 〈피터 페리〉 시리즈의 1권 보스다.

원래는 드워프의 왕족이었으나, 갱도를 너무 깊게 파고들어 지옥불 화산을 깨우고 타락하여 지옥의 요정왕이 된 인물.

그리고 드워프 레슬링은 땅딸막한 드워프의 체형이 고려되어 서로의 바지춤을 잡고 선 뒤, 먼저 넘어트리는 사람이 승리하는 가상의 유술(柔術)…… 이 아니다. 한반도 전통 민속놀이, 씨름 맞다.

뭐 어때, 설정하기 편하고 좋잖아?

원래는 집에서나 읽을 내수용이었단 말이야. 그래서 대충대충 짠 설정인데…… 지금 바꾸기엔 늦었지.

아무튼 그런 식으로, 각자 서로의 역할을 정해 '피터 페리 놀이'를 하는 애들을 런던 길바닥이나 공원 등에서 쉽게 발견할 수 있었다.

"참으로 흐뭇한 모습 아닙니까, 작가님?"

아뇨. 그냥 쥐구멍에 숨고 싶어지는데요.

물론 나도 저렇게 열성적인 독자님들을 보면 감사하고

기쁘다.

그런데 그거랑 별개로 내가 쓴 대사를 전혀 모르는 사람들이 입 밖으로 읊고 있으면 당연히 오그라들지!

난 웹소설 작가지 드라마 작가가 아니란 말이다! 아이고, 내 손발이야.

"빨리, 빨리 좀 가죠."

"알겠네, 알겠어."

하지만 나는 그게 내 발목을 잡는 일이 될 거라곤 생각하지 못했다.

벤틀리 출판사가 있는 채링 크로스 로드(Charing Cross Road)는 21세기에 헌책방 거리로 유명했다.

그런데 150년 전의 지금은? 그래, 그냥 서점가(書店街)다. 그래서.

"〈템플 바〉! 이번 달 〈템플 바〉가 입고되었습니다!"

"다 비켜!!"

"시꺼, 이쪽은 어제부터 기다렸다고!"

"〈피터 페리와 요정의 숲〉 9쇄 본 들어갑니다!"

"다섯 권 주시오!! 이번에 친척들 보내 주기로 했단 말이야!!"

채링 크로스 로드의 거리를 빼곡히 메운 서점마다 〈피터 페리〉, 혹은 그것이 연재되는 〈템플 바〉를 구하기 위한 사람들로 줄이 지어 있었다.

런던 나들이 〈63〉

심지어 나랑 정식 계약한 뒤에야 팔리기 시작했다는 단행본이 벌써 9쇄다. 물량이 벌써 8번은 동이 났단 뜻이다.

 와, 가슴이 웅장해진다. 한국에서도 단행본은 팔았지만, 이 정도까진 아니었는데 말이지.

 "자네, 들었나? 패트릭이 결국 레이먼드랑 결투했다더군."

 "결국? 어쩔 수 없지. 그러니까 어쭙잖게 소꿉친구랑 이어져야 한다고 주장하는 놈은 안 된다니까."

 그런 내 귓가에 근처의 카페에서 신사 둘이 고상하게 대화를 나누는 것이 들려왔다.

 뭔 얘긴가 했더니만, 그게.

 "그렇지. 역시 최종적으로 피터와 결혼하는 건 이루릴 아니겠나?"

 "아니아니, 무슨 소린가. 자네는 님프의 여왕인 마브의 고귀함을 보고도 그런 소리를 하나? 이루릴이 박복하여 가련한 느낌은 있으나, 역시 영웅은 고귀한 이와 맺어져야 하는 법일세."

 "허허, 자네가 이렇게까지 수준이 낮을 줄은 몰랐군. 그러면 요정 숲에 처음 들어왔을 때부터 함께한 인연을 버려야 한단 얘긴가?"

 "호도하지 말게. 우정은 우정이고 사랑은 사랑이지."

"허허허허."

"하하하하."

"뽑아, 이 자식아!"

"좋아, 결판을 내자!!"

취소. 고상하게는 개뿔, 말투만 기품 넘친다 뿐이지 그냥 오타쿠들이었잖아?

생각해 보니 영국은 신사의 나라 이전에 훌리건 창궐지였지, 축구만 야구로 바꾸면 나라 전체가 마산 아재들 같은 곳이라는 걸 잠시 잊고 있었다.

"쯔쯧, 저런 몰지각한 인간들 같으니라고."

그 모습을 본 우리 집주인님, 밀러 씨의 말이었다.

오오, 역시 밀러 씨. 영국에서 오래 살았지만 그래도 미국 출신이라 그런지 저런 해적 훌리건은 아니구나!

"맺어진다면 당연히 의붓여동생인 포샤가 아니겠는가? 비록 등장은 거의 없다지만, 나는 포샤를 숲에 초대하는 피터의 모습에서 희망을 보았다네. 아! 이건 절대 강요하는 것은 아닐세, 핸슬."

"아, 예……."

그런 취향이셨나…… 나는 주책맞은 아재를 잠시 짜게 식은 눈으로 보았다.

그러고 보니 클라라 부인이 원래 밀러 씨네 집의 양녀였다던가? 그 전엔 피가 섞이진 않은 외사촌 동생이었고.

런던 나들이 〈65〉

그러다가 눈이 맞아서 결혼에 골인했으니, 밀러 씨로서는 자기랑 비슷한 상황에 은근히 감정 이입했던 걸지도 모르겠다.

자세한 것은 그의 명예를 위해 묻어 두기로 했다.

"자자, 들어가시지요! 저희 회사에 오신 것을 환영합니다!"

"아, 예."

그사이 벤틀리 주니어의 안내를 받아, 나와 밀러 씨는 〈리처드 벤틀리와 아들〉 출판사 건물로 들어갔다.

건물은 신축인 건지 생각보다 꽤 넓었다.

기자재나 책상 같은 게 얼마 없어서 그럴 수도 있겠다. 휴일이라서인지 직원도 거의 없었고.

주변을 두리번거리는 나와 밀러 씨에게, 리처드 벤틀리 주니어는 머리를 긁적이며 말했다.

"죄송합니다. 얼마 전에 이사해서, 아직은 불편한 점이 많습니다."

"이사요?"

"작가님 덕분이지요. 저희는 한때 정말 런던 최고라고 할 만한 출판사였습니다만, 할아버지가 돌아가신 뒤엔 좀, 여러 가지로 어려워져서……."

"흐음."

누구나 그런 시절이 있지.

대중의 취향에 따라 급변하는 이쪽 업계는 더더욱 그렇다.

어렸을 때만 해도 히어로의 대명사는 슈퍼맨이나 배트맨이었는데, 정신 차려 보니 마블이 더 커 버렸잖아?

하지만 리처드 벤틀리 주니어는 개의치 않는다면서 기운차게 말했다.

"그래도 작가님 덕분에 이렇게 훌륭하게 다시 성공했으니, 물 들어올 때 제대로 노를 저어 볼까 합니다!"

"어떻게요?"

"저희처럼 연식 쌓인 출판사의 장점이 이겁니다."

그렇게 말한 벤틀리는 출판사 건물의 어느 방 한편으로 안내했다.

웹소설 시대에 전부 인터넷으로 해결되다 보니 나도 출판사에 자주 들어가 보진 못했다.

하지만 그때마다 인상이, 진짜 책 하나는 어마어마하게 많다는 점이었다.

그리고 전자화되지 않은 시대의 출판사는 더했다.

책이 되지 않았든, 책이 되었든 하여튼 원고가 어마어마하게 많았다.

"저희 출판사에서 출판해 왔던 책들입니다."

"호오."

나는 책으로 나온 원고들을 보며 눈을 빛냈다.

〈올리버 트위스트〉 같은 찰스 디킨스의 저작들이 가장 먼저 눈에 들어왔다.

그러고 보니 그 양반, 이 출판사에서 편집자 일을 했다고 했던가.

그것도 무려 초판본이다! 군침 도네, 진짜.

그 모습을 본 리처드 벤틀리 주니어는 싱글거리며 자신만만하게 말했다.

"그리고 저희는 이번에 그간 저희 출판사를 사랑해 주신 분들을 위해, 저희 출판사가 배출한 베스트셀러, 명저, 걸작 같은 것들을 모아 특별 양장 전집을 내려 합니다! 제대로 알려지지 않았던 원고를 재발굴하는 기회도 될 거고, 출판사의 명성을 다시 알리는 기회가 될 거라고 생각합니다."

"좋은 기획이네요."

나는 고개를 끄덕였다.

요컨대, 플랫폼에서 종종 하는 작가전이나 장르별로 추천작을 모아서 광고하는, 그런 프로모션 이벤트를 하려는 건가 보다.

확실히 나도 그런 이벤트 자주 들어갔지. 웹소설은 일단 수단 방법 안 가리고 인지되는 게 최고의 마케팅이라, 적극적으로 들어갔다.

원래 밑밥을 뿌려야 고기가 몰리는 법이고, 마중물을 넣어야 펌프가 물을 퍼 올릴 수 있는 셈이다.

자본주의라는 게 원래 그런 법이라고.

그렇게 그의 말을 경청하던 나는 구석에 쌓여 있는 무언가를 발견했다.

탑처럼 쌓여 있는 더미들.

"그럼 저것들은 뭔가요?"

〈올리버 트위스트〉의 초판본을 잠시 빼둔 나는 따로 쌓여 있던 원고들로 다가갔다.

이에 벤틀리는 고개를 내저으며 말했다.

"아, 그건 아직 출판한 물건들은 아닙니다. 투고로 온 소설들이지요."

"아, 투고요?"

"예. 보통은 이렇게 진행되곤 하지요. 하하, 하지만 지금은 이사하기도 바쁘다 보니 쌓아 두고 있었습니다."

"뭐, 그럴 수 있죠."

나는 고개를 끄덕이면서도 그 원고 뭉치를 하나하나 훑어보기 시작했다.

언어는 다르지만, 이러고 있자니 어째…… 많이 그리워진다.

사실 나도 웹소설 작가이긴 했지만, 그 전엔 투고도 보냈거든.

미숙하기 그지없는 글자 뭉치를 이런저런 곳에 보내곤 했었지. 이곳에 오기 전에는 더는 느낄 수 없던 그런 감성을 여기서 느끼게 될 줄이야.

런던 나들이 〈69〉

그런 생각으로 천천히 원고들을 훑어보았다.

어라? 이건?

"뭐, 어차피 대부분은 미숙한 활자 조합물이긴 합니다. 작가님께서 신경 쓰실 만한 정도는 아닐 겁니다."

"흠…… 그런 것만 있는 건 또 아닌 모양인데요."

"예?"

나는 원고 더미에서 익숙하면서 익숙치 않은 단어를 발견했다.

그리고 그 원고를 들어 올렸다.

〈타임머신(The Time Machine)〉

짧고 굵은, 절대 안 팔릴 거 같은 단순하고 투박한 제목.

하지만 거기 쓰인 저자명은 그렇지 않았다.

허버트 조지 웰스(Herbert George Wells).

현대 공상과학 문학의 개파조사이자, 지금은 한낱 20대 후반 전직 교사의 이름이 거기 있었다.

* * *

허버트 조지 웰스의 소설, 〈타임머신〉은 간단히 말하면 미래 여행 버전의 〈맨 프롬 어스〉라고 할 수 있다.

어느 과학자가 시간 여행 장치를 발명했고.

그는 대충 서력 8천 세기, 40만 세기, 70만 세기쯤 되는 미래를 탐사하고 돌아온다.

너무 아득한 미래라서 아스트랄하다고 생각하면……
그게 맞다.

초창기라 가이드 라인이 없으니 SF 작가들도 지들 멋대로 미래를 설정했었다.

아무튼 그 미래에서 두 종류로 진화한 인류 사이에 휘말리거나, 무척추 생물들이 지배하는 지구에서 쫓기거나, 태양이 지구를 집어삼키기 직전의 별별 일을 겪고 온 시간 여행자는 서술자를 비롯한 여러 사람에게 자기가 겪은 일을 얘기해 준다.

하지만 당연히 아무도 믿지 않고, 유일하게 서술자만이 더 듣고 싶다고 찾아갔지만, 결국 시간 여행자는 미래에서 가져온 꽃 한 송이만 남기고 영원히 사라진다는 이야기.

미래에서 이 책은 최초의 하드 SF 장르 소설로서, 〈백 투 더 퓨처〉를 비롯해 수많은 SF 장르에 영향을 준 명작으로 취급된다.

하지만 지금의 시대에선.

"지저분하군."

밀러 씨가 단박에 말했다.

옆에 있던 벤틀리도 고개를 끄덕이며 말했다.

"문장이 정돈되지 못한 느낌이군. 팔기 위한 소설이라기보단 자기 이야기를 하고 싶다는 인상이 강하네. 중반부까지의 생존 경쟁과 후반부의 미래 구경에 연관성이 전혀 없다는 것도 불편하군. 읽은 뒤에 시간이 지나면 후반부는 쉬이 잊힐 거 같아."

"초보 작가들에게 흔히 있는 일입니다. 설정도 엉성한 편이고 과학적으로 보이려 노력했지만, 서술이 지나치게 많습니다. 솔직히 말해, 설명이 너무 많아서 오히려 논문을 읽는 것 같은 느낌까지 드는군요."

혹평 일색이네. 추천한 내가 무안해질 정도였다.

하긴, 뭐 당연하다면 당연한 일이다.

글 쓰는 것도 나름의 기술. 그 기술이 없는 신인들의 소설이라는 건 본디 미숙하고, 풋내 나고, 거칠 수밖에 없다.

하지만.

"그래도, 참신하죠?"

"……크흠!"

"쿨럭."

밀러 씨가 눈을 돌리고 벤틀리가 사레들린 듯 헛기침을 했다.

혹평하긴 했지만, 두 사람의 손에는 여전히 복사된 타

임머신의 원고가 들려 있다는 게 그 증거다.

크크, 입으론 혹평이지만 몸은 솔직들 하시구만.

나야 미래에서 다져진 클리셰와 정형화된 판타지 작법이 있다. 하지만 웰스에겐 그런 게 일절 없지.

즉, 순수하게 과학적 지식과 상상력만으로 '시간을 이동하는 기계'라는 창의력과 인류에 대한 심도 있는 고찰을 조화시켰다.

그것만으로도 이 두 사람이 깊이 고찰할 만한 매력을 느끼고 있는 것이다.

어쨌든 이 시대에 '인류가 멸망하고 진화한 대체종이 지배하는 미래'라는, 과감하기 짝이 없는 설정의 참신함만은 인정해 줘야 하니까.

물론, 지금은 그 참신함을 지탱할 전문 지식이 어설프다는 단점도 명확하긴 했다.

사회 인식이나 자연선택 진화론이나, 전부 학문적으로든 문학적으로든 완전히 녹아 넣기엔 아직 파릇파릇한 새싹 같은 학문이니까.

〈종의 기원〉이 겨우 30년 전에 발행됐었지, 아마?

초판본이 밀러 씨 댁에 있는 걸 보고 정말 크게 놀랐다.

이런 걸 감안해도 지나치게 거친 원고란 생각이 안 드는 건 또 아니긴 한데…… 그것도 아직 다듬지 않은 오리

지널 그 자체라는 걸 생각해 보면 아주 이해가 안 되는 것도 아니다.

게다가 내가 한국에서 본 건 번역판, 그 덕에 더 깔끔해졌을 수도 있다.

"뭐, 이 작가와 계약할지 어떨지는 출판사의 일이지만. 제가 보기엔 꽤 키워 볼 만하단 생각이 되네요."

"아, 예. 작가님 말씀대로입니다. 덕분에 놓칠 뻔한 원석을 발견했군요. 안 그래도 저희가 이사하느라 여러모로 어수선했던지라."

"만족하셨다면 다행이고요."

나야 희귀한 원고를 발견해서 즐거웠다.

이제는 허버트 조지 웰즈의 역량 문제다. 뭐, 그건 내 걱정거리가 아니긴 하지.

어차피 미래엔 연달아 SF 대작을 내면서 성공하는 사람인데 어련히 알아서 하려고.

대신에.

"뭐, 아무튼 혹시 등단시키시면 초판본이나 하나만 보내 주세요. 제가 보기엔 크게 클 수 있을 것 같아서."

"하하하. 그렇게 기대 중이십니까?"

"이 정도 창의력이라면 어딜 가도 성공할 테니까요."

유물 코인은 잘 빨아 둬야지.

잘되면 내가 가질 초판본 가치도 오를 거고, 그러

면…… 후후.

난 앞으로의 일을 상상하며 미소를 금치 못했다.

"그건 그렇고, 기념 파티는 모레라고 했지요?"

"아, 예. 그렇습니다."

"그러면 밀러 씨, 저희는 슬슬 숙소에 얼굴이라도 비추는 게 좋지 않을까요?"

"흠. 그렇군."

이 순간까지도 밀러 씨는 〈타임머신〉에 빠져 있었다.

하긴 재미가 없는 책은 아니지. 밀러 씨 취향에도 그럭저럭 맞을 법했고.

"그러면 작가님, 오늘은 이만하고 내일 다시 찾아뵈면 되겠습니까?"

"예. 그러시죠. 파티 기대하고 있을게요."

"하하하. 걱정 마십시오. 최고의 요리사를 대기시켜 놓겠습니다."

그게 걱정되는 건데…… 나와 밀러 씨는 출판사를 나오면서 그 생각을 숨기기 위해 애써야 했다.

"무슨 요리가 나올진 모르겠지만, 자네 요리보다 맛없으면 나도 웬만하면 티타임만 즐기고 가야겠군."

오죽하면 밀러 씨도 이런 이야기를 할 정도다.

이 양반도 앵글로색슨이지만, 그래도 미국 출신이라 그런지 영국 요리는 아주 질색하더라고.

그렇게 영국 요리에 대한 불평을 하던 우리는 마차를 잡아탔고, 빠르게 웨스트엔드(Westend)로 건너갔다.

마차 창 너머로 서서히 서쪽으로 갈수록 눈에 띄는 건 역시 고급화다.

나무가 눈에 띄게 늘기 시작했고, 스모그에 찌든 느낌도 줄어든다.

첼시, 풀럼, 웨스트햄 같은 주로 프리미어리그로 유명한 지명들이 내 눈앞에서 표지판으로 지나간다.

깔끔한 거리는 색채 자체가 훨씬 화사하다.

방금까지 코를 찌르는 듯한 지린내도 한층 나아졌다. 구역마다 연극과 뮤지컬을 공연하는 극장이 문화적인 거리라는 자부심을 드러내고 있었다.

차분히 가라앉았지만, 기품이 느껴지는 분위기.

딱 봐도 '벨 에포크(La Belle Époque)'를 잔뜩 만끽하고 있는 동네라는 것을 알 수 있었다.

나는 진심을 담아 감탄하며 말했다.

"좋은 곳이네요."

"그렇게 보이나? 내 취향은 토키 쪽의 아름다운 자연이 더 좋네만."

그거야 밀러 씨가 타고난 금수저라서 그러신 거고요.

문명의 정점에 서 있던 금수저들이 역으로 이런 것들에 질려 향토적인 자연을 찾아가는 건 한국에서도 종종 있던 일.

 꽤 벌었다고 생각했다만, 난 아직 이쪽이 더 좋은 걸 보면 부자 되기엔 멀었나 보다.

 그렇게 생각하고 있자니 어느새 마차가 눈앞에 보이는 뾰족뾰족한 모양의 건물들 앞에 멈춰 서 있었다.

 "여길세, 내리게."

 "알겠습니다."

 밀러 씨가 가리킨 곳은 전형적인 빅토리아 시대의 타운하우스(Townhouse)였다.

 조금의 틈도 보이지 않을 정도로 다닥다닥 붙어 오밀조밀하게 자리를 채운 건물들의 모습이 마치 레고 블럭으로 쌓은 것 같다.

 그 왜, 영화 보면 광장 옆의 주택가 11번지와 13번지 사이가 열리면서 12번지가 나오지 않는가?

 딱 그런 인상이다. 훨씬 더 깔끔하고 고급져 보이긴 하지만…….

 아무튼, 이런 데서 살면 길 잃기 좋겠네. 아니, 오히려 번호 덕에 찾기 쉬우려나?

 "밀러 씨, 짐을 다 푼 다음에 잠시 돌아다녀 봐도 되겠습니까?"

 "흠, 구경 다닐 생각인가?"

 "여기까지 왔으니까요."

밀러 씨의 눈빛이 잠깐 흔들렸다.

나도 대충 무슨 일인지 알 만했다.

다시 말하지만, 여긴 19세기 영국이니까.

하지만 그렇다고 해서 내가 무슨 매지나 몬티도 아니고, 밀러 씨랑 항상 붙어 다닐 수는 없는 노릇이니다.

"전 괜찮습니다."

"자네가 괜찮아서 해결되는 일이 아니라는 건 알고 있지?"

"상대가 괜찮지 않다고 하면 제가 가만히 있을까요?"

밀러 씨는 너털웃음을 터트렸다. 내 성질머리가 보통이 아니란 걸 떠올리신 모양이다.

애초에 그런 억까들한테 터질 정도로 약한 멘탈이면 작가 일 못 하지. 특히 한국에선 더더욱 그랬다.

나는 슬며시 웃음을 흘리며 말했다.

"전에도 말씀드렸잖습니까. 이래 봬도 2년간 군 복무한 적이 있다고. 태권도 맛 한번 보면 정신을 못 차릴 겁니다."

"아하. 그때 몬티에게 보여 주다 뒤로 넘어진 그것 말인가?"

"아니, 그땐 바닥이 미끄러워서…… 돌개차기가 얼마나 어려운데요."

"하하, 알겠네. 알았어. 하지만 정말 조심하게. 몇 년 전까지만 해도 런던에는 흉흉한 사건이 많았으니까."

 결국 밀러 씨는 멋들어진 상아 권총과 함께 내 외출을 허락해 줬다. 애도 아닌데 정말 과보호하신단 말이지.

 그래서, 이렇게까지 해서 구경 나와본 런던 웨스트엔드의 풍광은 어떠했는가.

 "150년 뒤랑 크게 다른 건 없나."

 물론 전광판 같은 게 없는 만큼, 덜 호화찬란하다는 건 분명히 있다. 하지만 뭐라고 해야 하나, 건물 자체에서 느껴지는 거리 자체의 인상이라고 해야 하나?

 그런 건 확실히 150년 전으로 왔음에도 불구하고 크게 다른 점이 없다.

 그만큼 런던이란 도시가 빅토리아 여왕 시기에 많은 것을 완성시켰다는 의미가 된다.

 말하자면 내가 본 건 150년 동안 오래 묵어 늙어 버린 도시고, 지금 보고 있는 건 한창 완성되어 가고 있는 매력적인 문화도시다.

 이러니 매력적일 수밖에 없지. 어쨌든, 도시란 건 살아 숨 쉬는 것이니 말이다.

 그렇게 웨스트엔드의 풍광을 관찰하며 천천히 발을 옮기던 어느 순간.

 꼬르르륵—

 "······배가 고프다."

자연스러운 소리가 울려 퍼졌다.

생각해 보니 나서고 나서 뭘 먹질 못했다. 뭔가를 먹어야 할 텐데…….

적당히 먹을 만한 곳이 없나 주변을 돌아보았다.

그런 내 눈에 들어온 것은 다름 아닌 펍(pub)이었다.

"그러고 보니 오늘 일요일이던가."

예전, 이라고 하면 이상하긴 한데, 하여간 런던 여행 왔을 때 그나마 먹을 만한 게 일요일 식사. 그러니까 선데이 로스트(Sunday roast)였다.

잘 익은 로스트비프에 그레이비소스, 그리고 요크셔 푸딩을 듬뿍 얹은 일요일에만 하는 특별식.

좋아, 이번엔 그걸로 하자. 결심하자마자 바로 문을 열고 들어갔다.

끼익—

다소 허름한 문과는 다르게 안은 꽤 깔끔했다.

반듯하게 닦인 식탁과 의자들이 깔끔한 인상으로 정겨운 느낌을 주고 있었고, 은은한 고동색 벽에서 정석적인 펍의 분위기가 느껴졌다.

특히 일요일 저녁. 가족들과의 식사 시간임에도 거의 한 자리밖에 안 남을 정도로 손님이 있는 걸 보면 확실히 잘 나가는 집이다.

잘 찾았군.

"헬로."

내가 들어오자 순식간에 시선이 이쪽으로 쏠린다. 하지만 난 아랑곳하지 않고 안으로 들어갔다.

어차피 펍은 패스트푸드점이다. 매대에서 주문하고, 음료를 받으면 적당한 자리에 앉아서 각자 먹을 요리만 먹으면 그만.

그러니 다른 손님은 신경 쓸 필요가 없다.

난 아까 봐 둔 바의 끝, 구석 자리로 가서 앉았다.

"맥주 한 잔, 그리고 선데이 로스트 하나요."

"만석이오."

"예?"

뭔 소리야, 이게?

나는 퉁명스럽게 대답하는 대머리 점주의 얼굴을 멍하니 보았다.

분명 그 정도로 붐비긴 하지만, 여기 이 자리가 비어 있는 걸 확인하고 들어온 건데 만석이라고?

뭐지? 이게 그 유명한 인종 차별인가? 네놈에게 먹일 먹이는 없다, 뭐 그런 거?

'쏠까, 마스터?'

내 품 안의 권총이 속삭이던 그때였다.

"괜찮네, 짐. 합석을 하면 되니."

어느새 내 옆에, 날카로운 눈빛 아래에 멋들어진 콧수

염을 기른 신사가 카운터 앞으로 걸어와 있었다.

합석? 내가 의아해하던 그때, 신사가 중절모를 까딱이며 말했다.

"미안하군, 그 자리는 내 지정석이란 말이야. 짐이 괜히 마음을 써 준 모양이군."

"아하."

나는 고개를 끄덕였다. 그럼 어쩔 수 없지.

"그러면 제가 합석하는 게 폐가 되지 않겠습니까?"

"원래는 가족끼리 오기로 했는데, 일이 생겨서 나 혼자 오게 됐네. 손님이 많은데 자리를 비워 두는 것도 짐에게 미안한 일이지. 짐, 나는 언제나 주문했던 것과…… 여기는 뭐라고 했지?"

"아, 맥주랑 선데이 로스트입니다."

"그렇게 해 주게."

오오, 멋있다. 나는 신사를 보며 나도 모르게 그렇게 생각했다. 진짜 영화에서나 보던 매너 철철 간지 신사잖아?

"대신, 조건이 있네."

"예? 조건요?"

"뭐, 별건 아니고."

그는 그 날카로운 눈빛으로 이쪽을 응시하며 말했다.

"자네의 이야기를 좀 듣고 싶군. 멀리서 온 청년."

* * *

"놀랍군. 조선이라. 처음 들어보는 이름일세."
"뭐, 조용한 아침의 나라였으니까요."

나는 요크셔 푸딩을 크게 한입 베어 물으며 그렇게 말했다.

차분한 듯 과묵해 보였던 신사는 의외로 호기심이 많았다. 그리고, 그만큼 지식도 풍부했다.

"사실 자네를 처음 봤을 때 정말 희한하게 생각됐네. 불쾌하게 들린다면 미안하네만, 비숍 여사의 책에서 본 일본인이나 중국인에 비하면 훨씬 크고 말쑥해서 전혀 다른 사람으로 느껴졌거든."

"아뇨, 뭐 그 정도야. 저희 조선인들은 일본이나 중국 싫어합니다. 영국인들이 독일인이나 프랑스인 싫어하는 것처럼요."

"허, 그런가? 세상은 참으로 넓고 신비한데, 사람들의 삶은 다들 비슷하군."

그래서 더 재밌는 거겠지만. 신사는 감자튀김을 소스에 찍어 먹으며 말했다.

"자네 이야기를 들으니 다시 세상으로 나가고 싶어지는군. 내 병원만 아니면 예전처럼 다시 배를 타고 싶을 정도야."

"선원이셨습니까?"

"선의(船醫)였지. 포경선이라 북해 쪽만 오갔을 뿐이라 별로 재미는 없었어. 물론 나중엔 아프리카 쪽도 갔다 왔지만 말일세."

신사는 생긴 것과 다르게 꽤 모험적인 사람이었고, 대화의 티키타카에도 능숙한 사람이었다.

서로 서로의 이야기에 살을 붙이는 대화라고 할까? 덕분에 식사와 대화를 동시에 하면서도 크게 무리가 없다.

"그래도 썩 나쁘진 않은 경험이었네. 다른 것보다 월급이 안정적이었지. 개업을 하니까 원, 손님이 하나도 없어서."

"자영업자는 그게 제일 힘들죠. 당장 다음 달 수입이 보장이 안 되는 거. 저도 원래는 일이 안 풀리면 공무원이 될 생각을 했습니다."

"공무원이라니, 그런 재미없는 일을 하려고 했나? 의사는 생각이 없었고?"

"제가 온 곳에서는 의사 되기가 보통 힘든 게 아니라서요."

나는 어깨를 으쓱하며 말했다.

물론 이 시대 영국에서도 의사의 길은 굉장히 빡세다 듣긴 했지만, 아무리 그래도 21세기 한국에 비하면 널찍한 8차선이지.

내 적성에 안 맞았던 것도 없잖아 있다. 난 생물이 정말 꽝이었던지라.

그런 이야기를 하자, 신사는 잠시 무언가를 생각하는가 싶더니 옆에 있던 신문을 보여 주며 말했다.

"하긴, 생각해 보니 의사가 아니어서 다행이었을 수도 있겠군."

"이게 뭡니까?"

나는 고개를 갸웃거리며 신문을 보았다.

어디 보자, 제목이······.

"연쇄 살인 의사 토마스 닐 크림(Thomas Neill Cream), 그는 정말로 '살인마 잭'이었나?"

살인마 잭? 이거 혹시 내가 아는 그 잭 더 리퍼 맞나? 그보다, 토마스 닐 크림? 이건 또 뭐 하는 놈이야?

"살인마 잭에 대해서는 알고 있나?"

"주워들은 건 있습니다. 힘없는 여자들만 골라 죽인 변태 살인마죠?"

"틀린 말은 아니군."

뭐, 일단 우리 업계의 단골 소재 중 하나니까.

어디서는 2인조 사신과 의사 콤비로, 어디서는 좀비로, 어디서는 하얀 머리의 초등학교도 못 갈 여자아이로······ 이건 아닌가? 하여튼, 현대까지도 연쇄 살인마의 대명사로 유명하다.

"살인마 잭은 피해자들을 살해한 후, 외과 수술용 메스 같은 예리한 날붙이로 시신을 해부했던 것으로 유명하지. 그래서 스코틀랜드 야드에서는 의사, 혹은 그에 준하는 의학 지식이 있는 사람을 범인으로 추정했다네."

"아하. 그래서 의사들이 모두 의심을 받은 거군요?"

"그렇다네. 나야 경찰과 안면이 있는지라 협조를 하고 금방 풀려날 수 있었지만, 다른 의사들은 어느 정도 고초를 겪을 수밖에 없었지."

그러면 확실히 의사가 아닌 쪽이 다행이네. 나는 자연스럽게 고개를 끄덕였다.

잭 더 리퍼 사건이 터질 때 런던은 고사하고 영국에도 없었긴 했지만, 어쨌든 갑자기 신원 불명의 의사가 나타났다면 확실히 경찰에서도 의심했을 테니까.

어찌 보면 내가 글쟁이여서 정말 다행이다.

"그러면 이 토머스 닐 크림이란 인간이 잭이라고 자백했다면, 이미 처형된 것 아닙니까? 이제 사건 종결된 거 아닌가요?"

그러자 신사는 씁쓸한 표정으로 콧수염을 쓰다듬었다.

"그렇게 생각할 수 있지. 하지만 이 작자는 아냐. 물론 그에 못잖은 개새끼인 것은 맞네만."

"어째서인가요?"

"연쇄적으로 범죄를 저지르는 자들은 범죄에 패턴이

있지. 살인마 잭의 범행도구는 칼. 하지만 이 작자는 비소였어. 게다가 잭의 범행 당시 알리바이가 확실해. 그는 아니었네."

"흐으음."

고런가. 나는 멍하니 고개를 끄덕였다.

솔직히 말해 잭 더 리퍼라고 해도, 그 유명세는 벨 에포크에 찬물을 끼얹었기 때문이지 딱히 지능적이거나 특별히 피해가 큰 건 아니다. 피해자도 5명밖에 안 되고.

따지고 보면 유영철이나 강호순 같은 게 더 흉악하고 악랄한 개새끼들이지.

미래에서의 평가도 그냥 '영국 경찰이 무능해서 못 잡은 것일 뿐'이었던 걸로 기억한다.

이후로 다시 등장했단 얘기도 없는 걸 보면 말이다.

그래도 왠지 내게 잘해 준 양반이 이렇게 침울한 걸 보니 뭔가 도움은 주고 싶긴 한데…… 뭔가 없나?

가만, 그러고 보니 주말에 했던 교양 프로그램이나 추리 소설의 법칙 중에 이런 비슷한 게 있던 거 같다.

난 기억의 편린을 뒤지며 천천히 입을 열었다.

"꼭 메스를 쓴다고 해서 의학 지식이 풍부하다는 법은 없지 않을까요."

"응? 그게 무슨 소리인가."

생각, 생각해 보자.

어렴풋한 기억의 광산 속에서, 나는 다른 작가님이 이 사건을 소재로 쓰면서 고증했던 것을 떠올렸다.

"시체를 해부했다지만 솔직히 말해, 그걸 처음 판단했던 건 런던 경찰이죠?"

"그야 그렇지."

"그러면 해부가 꼭 의학적 지식에 맞춰서 올바르게 한 건지, 아니면 아마추어가 대충 한 건지 경찰들이 제대로 알기 힘들지 않을까요? 발견한 현장은 꽤 훼손됐다고 들었고……."

"흠!"

신사의 꺾여 있던 다리가 풀리고 서서히 몸이 이쪽으로 기울었다.

나는 머릿속에 들어 있던 것을 최대한 찬찬히 풀어냈다.

"다만 칼은 자주 쓰는 사람이었겠지요. 그렇지 않고서야 메스 같은 짧은 칼로 사람을 죽이려 하지 않을 테니까요."

"그렇지. 사람은 의외로 쉽게 안 죽는 대형 생물이니까 말일세."

"게다가 일부러 죽인 뒤 해체하고 늘어놓고 자기 범행을 까발렸죠. 이건 분명 누군가, 아! 그렇다고 특정인은 아니고, 그냥 불특정 다수에게 보여 주려고 했을 거라고 생각합니다."

관종.

자기 범행을 의도적으로 SNS로 올려서 욕을 먹으려 드는 존재. 타인을 화나게 함으로써 그 사람의 감정을 지배한다고 착각하는 머저리들.

잭 더 리퍼가 이런 놈이었다는 사실은 이미 미래에서 프로파일링이 끝났다.

그런데 이 시대에는 SNS가 없다.

이 말은, 군중들에게 욕을 실시간으로 먹더라도 자기가 바로바로 캐치하기 어렵단 뜻이다. 그렇다면, 그런 관종들은 어떻게 행동할까?

"사건 현장에서 멀지 않은 곳에 있었을 겁니다."

그 군중들 사이로 직접 숨어든다.

그리고 숲속에 숨은 나무가 되어…… 다른 나무들이 욕하는 것을 직접 훔쳐 듣는다. 그게 자신의 욕구를 충족시키게 되니까.

요컨대, 종합해 보면.

"범행 장소 근처에 살던 사람. 칼을 잘 쓰는 사람. 다만 그게 의사는 아니고. 사회에 제대로 적응하지 못하고 사람의 관심을 필요로 하는 외로운 늑대(lone wolf). 그게 잭 더 리퍼라고 봅니다."

"으음……!"

신사가 미간에 깊은 골을 새겼다. 뭔가 굉장히 진지하게 들으시는데…… 나는 남은 고기를 다 입에 털어놓고 말했다.

"아니 뭐…… 아마추어의 가벼운 추측에 불과하니까요. 그냥 흘려들어 주시면……."

"으음, 아닐세. 자네가 지적한 점은 확실히 체크해 볼 가치가 있어."

그는 모자를 벗어 머리를 매만지더니 품속에서 작은 노트를 펼쳐 급하게 뭔가를 적기 시작했다.

"그래, 그리고 혹시 다른 의견은 없나? 예를 들면 범인을 특징지을 방법이라든지 말이야."

"예? 범인을요? 어……."

그런 게 있으면 내가 한국에 있었을 때 벌써 추리 소설 썼지.

드라마나 영화화도 쉬운데 웹소설에선 영 트렌드가 아니라서 그냥 접었지만.

하지만 저 눈빛, 내 얼굴을 녹일 듯이 쏘아 대는 저 기대감 넘치는 눈빛이 자꾸 마음을 간질거렸다.

왠지 모른다고 하면 죄를 짓는 거 같은, 뭐라도 말해야 할 거 같은 기분.

"그, 보통 이런 사람들은 한눈에 봐도 좀 제정신이 아니지 않겠습니까?"

"그렇겠지."

"그렇다면 이미 다른 범죄를 저질러서 잡혀 있거나, 아니면 정신 병원 같은 데에 보내져 있을 수도 있지 않을까요?"

미래에서는 그런 경우가 많았으니까.

"……허!"

신사가 입을 크게 벌렸다.

음, 이렇게 심하게 놀라니까 좀 민망하긴 하네.

그는 이내 자신만의 생각에 빠져들어 갔다. 이거, 당분간 이야기를 못 하는 패턴이네.

난 느긋이 남은 에일을 비웠다.

그때였다.

띵~동 댕동~으로 시작하는 학교에서 너무 많이 들어 익숙했던 종소리가 내 귓가를 때렸다.

뭐지, 이거?

고개를 돌리자 빅벤 타워의 거대한 시계탑이 알려 주는 시간이…….

뭐?! 벌써 저녁 9시야!?

"큰일 났다!"

"무, 무슨 일인가? 자네?"

"아, 죄송합니다. 제가 사실 약속이 있어 들어가 봐야 해서요! 먼저 실례하겠습니다!!"

"이봐, 잠깐!!"

뒤에서 뭐라고 말하는 것이 들려왔지만, 나는 그 소리를 무시한 채 급하게 달렸다.

밀러 씨와의 약속을 생각하면 발 빠지게 달리는 것만이 내가 살 길이었으니까.

* * *

"허허. 참, 폭풍 같은 젊은이로군."

혼자 남은 신사는 허탈한 웃음을 지었다. 그런 그를 향해 다가온 펍의 점주가 말했다.

"선생, 괜찮으십니까?"

"무엇이 말인가."

"저런 동양인과 어울리는 모습이 보였다가는……."

"그런 사소한 일에 왈가왈부할 자들이면 애초에 필요도 없네."

그보다.

신사는 턱을 쓸며 방금 들은 이야기들을 정리했다.

메스를 썼지만, 굳이 의사일 필요는 없다.

대중을 겁주고, 공포에 몰아넣고, 그것을 즐기는 비겁자.

그리고…… 어쩌면 이미 잡혔을 수도 있는 자.

"재밌는 이야기야."

톡, 톡.

충분히 말이 된다. 오히려 왜 이제까지 생각을 해 보지 않았을까 싶을 정도로.

아니, 어쩌면 이미 용의선상에는 올라와 있었을지도 모른다.

하지만 쓸데없이 다른 용의자가 자살해 버리는 바람에 수사가 중단되었던 것을 생각하면, 제대로 조사조차 하지 못했을 가능성이 더 높았다. 그걸 생각했어야 했는데……!

신사는 한숨을 쉬며 중얼거렸다.

"'런던의 범죄자들은 멍텅구리야. 사람 모습이 어렴풋이 떠오르다가 다시 안개 속으로 사라져 버리지 않는가'…… 멍텅구리는 바로 나였군. 사람이 안개 속으로 사라질 수 있다면 범죄자 본인도 그 안개 속으로 사라질 수 있다는 사실을 잠시 망각했어."

그리고 그 안개 자체에서 쾌감을 얻는 놈이 있을 것이라고도 예상하지 못했다.

그런 비합리적인 심리 또한, 틀림없이 사람의 마음에 있는 것임에도 불구하고.

"선생, 괜찮으십니까?"

"괜찮네, 짐. 아, 잠시만 기다리게."

콧수염 신사의 머릿속이 빠르게 회전하기 시작했다. 마치 잃어버린 활력을 되찾듯이, 하얗게 탈색되었던 뇌세포가 다시금 색을 되찾는 기분이다.

정신을 차렸을 때, 그는 품에서 손수건과 만년필을 꺼내 무언가를 휘갈겼다.

직후, 그것을 펍의 점주에게 건넸다.

"지금 즉시 이걸 들고 런던 경시청으로 가 주게. 가서 조지 경감을 찾아 이 손수건을 보여 줘. 나도 준비를 끝마치는 대로 곧장 따라가겠네."

"뭐, 그 정도야 어려운 일도 아니죠. 당장 다녀오겠습니다."

뜬금없는 말에, 뜬금없는 지시임에도 불구하고 펍 점장은 점잖이 고개를 숙였다.

"아서 코난 도일(Arthur Conan Doyle) 선생님."

옥션 하우스

"후아아암."
"핸슬 자네, 입 찢어지겠군."
다음 날 아침에 늦게 일어난 나를 보고, 식사를 하고 있던 밀러 씨가 타박했다.
으음, 분하다…… 원래는 반대여야 맞는데.
저 양반, 원래는 자기 혼자 일어나기도 힘들어서 맨날 나한테 자기 옷 찾아 달라고 한단 말이야.
게다가 내가 늦게 일어나고 싶어서 늦게 일어난 것도 아니다. 나는 억울함을 담아 항변했다.
"런던 밤거리가 그렇게 빨리 어두워질 줄은 몰랐죠."
"그러니까 늦지 않게 오라고 하지 않았나. 나 혼자 내버려 두고 놀러 가니 그리 좋던가?"

아니, 왜 혼자야 혼자는!

나는 서운하다는 눈으로 날 책망하는 밀러 씨에게 역으로 어이 상실의 시선을 되돌려 주었다. 이 타운하우스에도 엄연히 고용된 가정부가 있는데 말이지.

"여하튼 빨리 채비하게. 지금 가야 간신히 맞출 수 있겠군."

"알겠습니다."

옷방으로 들어가, 적당히 정장 차림으로 갈아입으려는 내 눈에 오늘 자 신문의 헤드라인이 보였다.

흠, 보자. '폴란드 출신 미용사 애런 코즈민스키(Aaron Kosminski), 화이트채플 연쇄살인 혐의로 정신병동에서 체포'라……

"어휴, 세상 참 흉흉하기도 해라."

뭐, 체포됐다니까 좋은 일이겠지.

당장 나랑 관련된 이야기도 아니었기에, 적당히 신경 껐다.

오늘의 일정은 크리스티즈 옥션 하우스(Christie's Auction House).

올해의 대목인 미술품 경매가 펼쳐질 전쟁터였다.

* * *

세인트 제임스, 킹 스트리트(King Street) 크리스티즈 옥션 하우스.

현재까지도 유명한 크리스티즈 경매장의 본사다.

소더비? 걔넨 지금쯤은 그냥 중고 서점 매장이다. 알X딘의 원조라고나 할까.

"그래, 핸슬. 이번에 우리가 구해야 할 게…… 세잔이랑, 뭐였지?"

"예, 밀러 씨. 뭉크입니다."

"아, 그랬지. 그 노르웨이 화가, 근데 난 그 화가 그림은 영 아닌 것 같던데? 무슨 그림이 그리 우중충하고 우울한지. 보다 보면 정신병 걸릴 것 같단 말일세."

거 팩트로 때리시기 있나요? 나는 밀러 씨의 칭얼거림에 반박할 수가 없어서 그저 약팔이처럼 믿으라고만 할 수밖에 없었다.

아니, 솔직히 〈절규〉 같은 거 보라고. 왜 떴는지 이해가 안 될 정도로 칙칙하고 기괴하잖아?

최소한 회화(繪畵) 예술적 뭔가가 없는 범인(凡人)인 내가 보기엔 그렇다.

……그렇지만 어쨌든 뜬다는 건 확실하다.

솔직히 세잔은 몰라도 뭉크는 아는 사람 많잖아? 그러니 나는 그저 이렇게 말할 수밖에 없었다.

"절 믿어 주십쇼. 확실하게 뜹니다."

"그, 자네니까 믿긴 하네만…… 내 불안감을 해소하려

옥션 하우스 〈99〉

면 최소한 그럴듯한 근거가 필요하단 말일세."

"그것이 어떤 뜻인가 설명하는 것 자체가 매력적이지 못하네요."

죄송함다, 밀러 씨. 근데 진짜 제가 할 수 있는 말이 이거밖에 없슴다.

사실 원래 글도 그렇긴 하지만, 그림 쪽은 찐으로 운칠기삼이다.

좋은 게 반드시 인정받는다곤 할 수 없는 동네란 말이지. 가끔은 주식보다 더한 게 이쪽이다.

그러니 내가 할 수 있는 건 그저 당첨을 뽑을 작가가 누구인지, 미래에서 온 입장에서 슬쩍 알려 줄 뿐이다.

겸사겸사 콩고물도 좀 받아먹고. 헤헤.

그렇게 내가 밀러 씨의 책망하는 시선을 살짝 피하고 있는 사이, 잘 차려입은 귀족들이 밀러 씨를 알아보고는 하나둘씩 다가오기 시작했다.

"밀러 씨! 오랜만에 뵙는구려."

"캐도건 경이 아니십니까. 그간 격조했습니다."

"이런, 데번 주에서 영국의 미술 업계를 좌지우지하시는 큰손이 아니시오. 하하, 오늘은 좀 살살 부탁하네."

"페르디난드 씨가 그렇게 말하면 제가 뭐가 됩니까. 너무 놀리지 마시죠."

반짝반짝들 하는구먼. 나는 멀찍이 떨어져서 상류층 인

사들이 인사를 나누는 것을 바라보았다.

21세기에도 그렇긴 하지만 이런 미술품 경매는 진짜로 그림을 사고파는 것만이 아니라, 초고위층 재력가들이 안면을 익히고 인맥을 쌓는 사교장이 되는 경우가 더 많다.

지금도 그렇다. 캐도건 경은 영국 백작위를 가진 상원의원이고, 페르디난드는 로스차일드 가문 사람이다.

금융 관련 음모론에선 모건조차 쌈 싸 먹는 '그' 로스차일드 맞다.

얼굴 좀 봐, 착해 보이는 얼굴에서 귀티가 좔좔 흐르는 사람들이 속속들이 모여들기 시작한다.

"쳇, 식민지 출신 지역 유지 나부랭이 주제에."

"어쩔 수 없지. 요즘 저 인간이 제일 크게 땄으니."

"벼락부자 같으니라고."

그리고 그렇게 최상위권 그룹이 형성되면, 항상 거기 버금가는 은딱들이 열심히 모여 최상위권의 뒷담화를 깐다.

이번 표적은 당연히 밀러 씨다. 미국 출신인데다가 런던에도 자주 안 오니까. 사교계에서 보기엔 약점투성이일 수밖에 없다.

뭐, 나쁜 건 아니지. 원래 잘나가는 작품에는 악플이 달릴 수밖에 없듯, 이런 공격들은 반대로 말하면 현재 밀러 씨의 사업이 잘 번창하고 있다는 증거다.

맛있는 음식에 똥파리가 몰리는 것과 비슷하지.

물론.

"커흠."

"……쳇!"

"뭐야, 저 원숭이는 뭔데……."

"됐어, 나오게."

그렇다고 눈앞에서 윙윙거리는 걸 그냥 냅두는 것도 뭐하지. 적절히 치워 줘야 덜 불쾌하다.

나는 그 원숭이 헛기침 한 번에 도망치시는 똥파리들을 보며 코웃음을 쳤다.

공격하는 본인도 아니고, 그 사용인이 엿듣는 것도 두려워하면서 뭘 그리 잘났다고.

그렇게 코웃음을 치는 내게 누군가가 다가와 어깨를 두드렸다.

"여전히 충신이시구먼, 바나나."

"넌 여전히 발 닦개냐? 쥬."

이놈의 이름은 새뮤얼 코헨. 성과 이름만 봐도 알 수 있지만, 유대인이고. 저기 저 로스차일드 쪽 하인이다.

본디 사람이란 세 명만 넘으면 그룹이 만들어지는 법.

최상위권 부자들끼리 안면이 있는 것처럼, 그 부자들을 직속으로 따라다니는 수행원, 하인, 비서들 간에도 은근히 안면 트고 지내는 경우가 종종 있었다.

대감집 머슴들끼리의 커뮤니티랄까, 악우…… 라고 보

긴 좀 그렇고 대기업 과장급끼리 명함 주고받는 거랑 비슷하다고 봐야지.

특히 로스차일드 쪽은 이쪽과 마찬가지로 차별받는 유대인이다 보니, 미국인인 밀러 씨나 동양인인 나한테도 별 부담감 없이 다가왔다.

물론, 그런 만큼 별 부담감 없이 배신할 수도 있는 놈들이니 더 조심해야겠지만.

"그건 그렇고, 웬일이냐? 너희, 영국 안에서 해결되는 일이면 그냥 대리인 보내서 해결했잖아?"

"왕세손 결혼식이 있다며, 그 정도는 봐야지."

"공화국 놈들이 무슨 헛소리야? 차 상자마냥 바다에 내다 버리는 거 아니지?"

"그건 앵글로색슨 부르주아 놈들이고, 난 아시안이야 병신아."

"어허, 이 부르주아 욕하는 빨갱이 보소."

"유대놈이 아시안은 빨갱이래요 같은 소리를 하면 퍽이나 믿어 주겠다."

아, 맘 편하다. 역시 대화에는 살짝 걸쭉한 욕설이 섞여 있어야 속이 좀 풀린단 말이지. 품위 있는 신사들과의 대화도 좋지만…… 그건 뭔가, 비즈니스적인 느낌이 들잖아?

"그래, 그 집 애들은 잘 크냐?"

"망아지마냥 무럭무럭 크고 있지. 잠깐, 사진 보여 줄까?"

"됐고, 그러면 나중에 선물 갈 테니까 잘 받기나 해라."

"웬 선물? 로스차일드 쪽에서 오는 거냐?"

"당연하지. 내가 무슨 돈이 있어서 선물을 보내냐. 암튼 그, 뭐더라? 피터 페리였던가……."

"쿨럭."

아니, 그게 여기서 왜 나와?

내가 당황해하는 것도 눈치 못 챈 이 눈새 유대놈은 태연하게 말했다.

"거, 뭐더라. 작가 이름이 너랑 비슷하더라. 그래서 신기해서 내가 추천했지."

"됐어. 필요 없다."

"왜. 혹시 너희 집에도 이미 하나 있냐?"

"비슷해."

나는 그렇게 두루뭉술하게 넘겼다.

사실 토키의 밀러 씨네 집 하인들은 다들 내가 피터 페리의 작가인 것을 안다. 하지만 그건 어디까지나 반쯤 가족들이니까 그런 거고, 그 밖에는 웬만하면 모르는 게 낫지.

단순히 인종 차별, 뭐 그런 거는 아니고…… 그냥 내가 쪽팔려.

샘 같은 악우 놈들이 내 앞에서 내 책을 음독한다? 난 차라리 죽음을 택하겠다.

"그보다 니네는 뭐 소식 없냐? 너희 영감님, 상처(喪

妻)한 지 30년째라며."

"몰라. 여동생 물려주겠다더라."

"그러니까 현관 합체 소문이 돌지. 그 앨리스인가 하는 로스차일드 아줌마도 미혼이라며?"

"귀족들 취향이지 뭐. 하여간, 그래서 성욕 대신 수집욕은 채우겠다고 이번에도 '술병' 셋은 확보하겠다더라."

하, 이놈. 벌써부터 비즈니스 얘기를 하자고 하네.

나는 입맛을 다시면서 물었다.

"이번에도 '옛 친구'가 팔아넘겼다던 것들이냐?"

"아마도. 너흰 뭐냐? '난로?' 아니면 '매'?"

"엉. '새'로만 구매할 거다."

"하, 니네 촉이 워낙 좋으니…… 그래서, '파도'는?"

"대충…… '밧줄' 하나, '바퀴'로만 셋?"

"쓰읍, 오질라게도 많네. 알겠다. 그러면 너희 쪽에는 빠지자고 얘기할게."

"오오냐, 고맙다."

나와 샘은 만족한 얼굴로 거래를 완료했다. 이게 뭐냐면 간단히 말해 담합이다.

페르디난드 드 로스차일드는 수집광이지만 근본적으로 취미가 술병, 그러니까 테라코타 같은 장식미술 쪽에 맞춰져 있다. 그중에서도 옛 친구, 곧 르네상스 시대 물품들을 제일 좋아하고.

반면 밀러 씨는 난로나 매…… 그러니까 동양화와 서양화를 아우르는 그림 전문이다. 그중에서도 내가 말한 '새'는 19세기, 최신 작품을 의미하고.

 파도는 자금이고, 그 뒤는 자금의 액수를 말한다.

 이렇게 서로의 목표와 탄창의 정보를 적당히 주고받고, 서로의 목표에는 터치하지 않는다.

 이게 바로 경매장에서 현명한 소비를 하는 방법이지.

 그리고 그 결과.

 "다음, 프랑스 화가 폴 세잔의 정물화 〈사과 접시가 있는 정물〉입니다. 2천 파운드에서 시작하겠습니다. 2천 파운드, 안 계십니까?"

 "3천 파운드요."

 "3천 파운드 나왔습니다, 다음…… 예. 3천 파운드 낙찰입니다."

 매우 쉽게.

 "같은 작가의 〈에스타크에서 바라본 마르세유만〉입니다. 〈에스타크에서 바라본 마르세유만〉. 혹시 없으십—"

 "2천 5백 파운드!"

 "2천 5백 파운드, 낙찰입니다."

 목표를 선점할 수 있었다. 그리고, 오늘의 대어.

 "다음은 노르웨이의 화가 에드바르트 뭉크의 〈절규〉입니다. 2천 파운드로 시작하겠……."

"5천 파운드!"

"……5천 파운드! 5천 파운드 나왔습니다. 다른 금액 없습니까?"

적막. 오히려 각계각층의 인사들이 모두 밀러 씨를 경악의 눈으로 보고 있다.

그도 그럴 게, 저 산송장 같은 그림이 대체 무슨 놈의 가치가 있어서 5천 파운드나 하는 거냐는 눈이니까. 심지어 밀러 씨도 살짝 눈빛이 흔들리는 게 불안해하는 눈이다.

하지만…… 흐흐흐. 두고 보시라고요, 밀러 씨. 이게 무려 2억 달러까지 치솟는 알짜배기입니다.

"흥, 그림 보는 눈이 정말 형편없군. 그런 그림을 5천 파운드에 구매하다니."

대놓고 들려오는 악담에 고개를 돌렸다.

그곳엔 웬 젊고 잘생겨 보이는 청년 장교 하나가 이쪽을 노려보고 있었다.

뭐야, 이놈은?

"그림이라면 당연히 인상주의(Impressionism)지. 흥! 세잔이라는 작가는 조금 괜찮았지만, 그래 봐야 카미유 피사로의 아류에 불과한 것을."

뭐야, 이 그알못은? 어디 미대 떨어져서 군인이라도 된 놈인가?

"흐음. 보아하니 휴가 나온 샌드허스트(Sandhurst :

영국 육군 사관학교) 생도인가 보군."

"그렇소. 기병과 69기 생도요."

나와 밀러 씨는 잠시 기다렸지만, 육사 생도는 자신의 이름을 밝히지 않았다. 그리고 그것을 눈치챘는지 그는 코웃음을 치며 말했다.

"미학을 알지 못하는 식민지 얼간이들에게 알려 줄 이름은 없소."

"……."

뭐라는 거지, 이 군바리는? 나는 멍하니 육사 생도의 얼굴을 보았다.

샌드허스트 출신이라 머리에 모래만 가득한 건가? 아니면, 어느 나라건 육사는 죄 병신 꼴통밖에 생산을 못하는 건가?

그렇게 생각하는 내 옆에서 밀러 씨가 가만히 입을 열었다.

"기병과라…… 영국의 전통이지. 아무래도 귀한 집안의 자제신가 보군."

"하, 좋은 그림도 몰라보는 식민지인의 그 옹이구멍 같은 눈도 사람만은 제대로 보는 모양이구려. 그렇소, 우리 조부님이 제7대 말버러 공작이시고, 아버지께서는 전임 재무장관을 맡으셨던 분이오."

그러니까, 귀족 중에서도 T.O.P급 대귀족이란 소리다.

무림으로 치면 세가 중에서도 오대세가급이랄까? 로스차일드도 남작급인 걸 생각하면 공작급은 진짜 높은 게 맞다.

하지만…… 어쩌라고?

그래도 열받는 건 열받는 거지.

애초에 이 시기 제국이라 함은 식민지들을 거느려서 제국이지, 딱히 봉건제를 채택한 신분제 국가는 아니다.

그런 동네는 일본제국이나 독'일제'국 같은 야만적인 군사 국가밖에 없다고.

아예 귀족 없이 시작한 미국이나 귀족 지위 자체가 폐지된 프랑스만큼은 아니지만, 이곳도 그럭저럭 자유 평등 박애 사상이 꽃피고 있었다.

영국 귀족들이라고 딱히 돈과 권력을 모두 가진 상급 국민이었던 건 아니란 소리다.

대체로 돈이 더 중요한 시대가 되었다고 할까?

그래서 찢어지게 가난한 영국 귀족들 사이에서는 로스차일드 같은 유대인 금융업자나, 밀러 씨 같은 미국인 신흥 부자들과 결혼하는 일이 많은 형국이다. 애초에 클라라 밀러 부인의 본가였던 베이머 가문도 귀족 가문이고.

즉, 한마디로 말하자면 밀러 씨는 저 돈도 별로 없어 보이는 신분만 높아 보이는 귀족가 도련님과 비교해도 절대 꿀리지 않는다는 거다.

자, 그럼 슬슬 각은 나왔고…… 이제 이 대가리만 큰 애송이 생도한테 어떻게 참교육을 해 줄까, 그렇게 생각하던 순간.

밀러 씨가 갑자기 내 옆구리를 두드렸다.

"핸슬."

"예, 밀러 씨. 회를 칠까요, 아니면 통째로 구울까요?"

"그것도 매력적이지만, 저기를 보게."

저기라니.

내가 의아해하면서 고개를 돌린 곳에는…… 세상에 맙소사.

방금까지만 해도 머릿속에서 수많은 요리가 됐던, 그 콧대만 높고 비루한 육사 생도의 왼팔에 무언가가 껴 있었다.

진한 남색에 물결치는 듯한 펜 흘림체로 적혀 있는 제목.

그건 누가 봐도 내 책, 〈피터 페리와 비밀의 숲〉이었다. 그것도 삐까번쩍한 한정판 양장본으로.

내 시선이 꽂힌 것을 알자, 애송이 생도는 코웃음을 치며 말했다.

"그림 보는 눈은 없어도 문학 보는 눈은 있는 모양이군. 이건 우리 대영 제국의 귀중한 보배인 한슬로 진 작가의 명저요."

"……뭐요?"

내가 충격과 공포에 빠져 있을 때, 옆에서 웃음보 터지기 직전인 밀러 씨가 입을 열었다.
"크, 후. 푸훗. 그래. 귀관, 귀관은 핸슬로 진의 글을 그렇게 좋아한다는 이야기인가?"
"그거야 당연한 것 아니겠소."
"크흡, 흡. 그래, 어딜 그렇게 고평가하는 게지?"
"흥, 어디냐니. 무례한 작자로군……."

그는 새초롬하게 눈을 흘기더니, 크흠 하며 잠시 목을 가다듬고는 단언하듯 말하기 시작했다.
"그야 뻔하지 않소? 그가 창조한 4대 요정을 보고, 본관은 우리 대영 제국의 문화를 이루는 게르만과 그리스의 신화를 철저히 고증했다는 것을 알 수 있었소. 그리고 그런 그들에게 찾아온 피터, 초대 교황 베드로의 이름을 딴 주인공의 이름은 신성한 하나님의 복음을 나타내지요."

나는 밀러 씨와 눈빛을 나누었다.
'자네, 그랬는가?'
'씨밤, 그럴 리가요.'

아니, 그야 물론 엘프와 드워프는 게르만 신화 원류가 맞다. 그 사이에 톨킨의 〈반지의 제왕〉이 껴있긴 하지만.
그런데 님프랑 실프는 뭐…… 그냥 내가 프자 돌림으로 끝나는 애들이 익숙해서 대충 국룰 이름으로 골라 쓴 거고.
원래 한국 사람들은 어렸을 때 읽은 만화 덕분에 그리

스 신화에 익숙하다. 나 역시 그래서 상식 수준으로 알고 있는 거고.

그런데 하물며 피터가 기독교를 상징해? 그럴 리가 있나, 난 그냥 흔한 이름이라 갖다 쓴 것에 불과하다. 대체 뭔 개소리야?

"그뿐인가? 학교의 이름이 오베론 아카데미아인 것, 그리고 피터가 학교 연못 밑에 있던 아발론에서 엑스칼리버를 뽑아낸 것은 그 모티브가 셰익스피어와 아서 왕 전설에 있음을 나타내오. 위대한 대영 제국의 자랑스러운 문화를 모티브로 한 것임이 틀림없지."

그야 니들 영국인들이 제일 이해하기 쉬운 레퍼런스니까 그런 거고. 문화적 맥락 모르냐? 이 맥락맹아!

"이러니 어찌 자랑스러운 대영 제국의 사관으로서, 미래의 대문호에게 존경심을 표하지 않을 수 있을까!"

"아우우우······."

그러니까 그렇게 눈을 반짝반짝 빛내면서 내 글이 무슨 영국산 위쳐라도 되는 것처럼 말하지 말란 말이다! 난 그냥 고객이 원하는 글을 써 주는 것뿐이라고!

마치 랩을 하듯 쉴 새 없이 터지는 사관의 말에 맞춰, 내 손발도 한없이 오그라들어 갔다.

반면······ 밀러 씨는 그렇게 몸을 배배 꼬고 있는 내가 웃겨 죽을 지경인지, 용케도 웃음을 참으며 입을 열었다.

"크흐흐. 그렇군, 그렇단 말이지. 그러면 요즘에도 잘 읽고 있나?"

"물론이오. 어제 발간된 〈템플 바〉 최신 호의 연재분도 확실하게 정독하고 있지! 이번에도 아주 완벽한 에피소드였소! 한밤중에 금지된 숲의 담력 시험이라. 위대한 대영 제국의 생도들이라면 모름지기 밤이니, 금기니 하는 것 정도는 당당히 깨부수는 용기를 가져야지, 암!"

아니야, 미친놈아. 나는 그냥 일상물 클리셰를 쑤셔 넣었을 뿐인데…… 그게 순식간에 대영 제국의 탐험 정신이니 용기니 하는 식으로 미화되는 꼬라지를 보자니 위장이 뒤틀릴 거 같다. 위, 위약…….

"흐음, 핸슬로 진을 굉장히 존경하는 모양인데."

"그야 물론. 마음속 깊이 존경하고 있소!!"

아니, 필요 없어. 너 같은 놈의 존경은 필요 없으니까 제발 꺼져 줘.

하지만 그런 내 마음속 외침을 무시하듯, 밀러 씨는 히죽히죽 웃으면서 계속해서 생도를 부추겨 댔다.

"그렇게 대단한 작가님이라면 나도 한번 만나 보고 싶군. 어디 사는지 알고 있나?"

아니, 만나 보긴 뭘 만나 봐요? 자기 집에 하숙시켜 주고 계시면서. 심지어 지금도 계속해서 옆을 힐끔거리고 있으시잖아!

옥션 하우스 〈113〉

물론, 이에 샌드허스트 생도 역시 자기가 놀려지는 줄도 모르고는 당당하게 말했다.

"안타깝지만 나도 한슬로 진 작가님의 거처를 알지 못하오. 하지만 이런 아름답고 순수한 글을 쓰신 것을 보면, 분명 그분에게 어울리는…… 대영 제국의 깨끗하고 아름다운 자연의 품속에서 작품을 구상하고 계시겠지."

"흐음, 그런가?"

"그렇소. 지금도 눈을 감으면 선히 보이오! 마치 소설 속의 요정 숲과 같은 아름다운 자연 속, 저 낭만주의의 시성(詩聖) 윌리엄 블레이크(William Blake)와 같은 현명하고 나라와 민족을 사랑하는 노인이 아이들에게 세상의 아름다움을 전파하기 위해 순금 만년필로 양피지를 물들이는 모습이!"

아니야.

"숲속에서 어스레하게 번지는 노을을 바라보며 적어나가는 글귀! 분명 그 앞의 호수에는 새하얀 백조들이 물장구를 치고 있겠지. 튀기는 물방울과 퍼지는 아련한 빛무리…… 그래! 호수의 비밀 편에서처럼!"

아니라고, 이 미친놈아! 누가 그따위로 글을 써! 숲속에서 탁자도 없이 글을 쓴다니, 종이 다 구겨질 일 있냐!? 호수는 또 뭔데!

그때였다.

"허허, 듣자 듣자 하니……."

갑자기 앞에 있던 외 알 안경의 노인이 고개를 돌리며 말을 걸어 왔다.

"한슬로 진이 윌리엄 블레이크 같은 애국자라고? 그런 헛소리는 또 난생처음 듣는군!"

뭐야, 이거. 이 노친네는 또 뭔데.

"나는 옥스퍼드에서 영문학을 연구하고 있는 교수요! 아시겠소? 어설픈 애송이, 안타깝지만 자네 생각은 틀려도 한참 틀렸네!"

"아니, 그게 대체 무슨 말입니까? 한슬로 진과 같은 현자가 어찌……!"

"그의 소설에 반영되고 있는 문화적 경향이 우리 그레이트브리튼 섬의 독창적인 신화를 반영하고 있다는 것은 틀림이 없지. 하지만, 그는 때때로 영국식이라기보다는 미국식에 가까운 어휘를 쓸 때가 있어! 그는 결코 영국에서 나고 자란 인물이 아냐. 미국식 영어를 쓰는 미국 출신임이 분명하네!"

"그, 그럴 수가!"

사관생도는 경악하면서 입을 벌렸다. 마치 하늘이라도 무너진 것 같은 표정인데…… 사실 뭐, 이 자칭 영문학 교수의 말이 틀린 것은 아니다.

일단 내가 배운 영어가 미국식 영어인 건 틀림없고, 같이 살고 있는 밀러 씨도 미국식 억양을 완전히 버리지 못한 사람이니까. 결과적으로 내가 소설에 쓴 게 미국식 영어라는 건 또 틀리지 않긴 한데…….

아니, 왜 그렇게 훌륭하신 분이 재능을 이런 이상한 거 분석하시는 데다 쓰는 건데요?

"쯧, 통탄스럽군. 우리 대영 제국의 최고 지성인 옥스퍼드의 교수란 자가 그런 한심한 발언을 할 줄은."

그렇게 말한 것은 사관생도가 아니었다. 당연히 밀러 씨도 아니었다.

우리는 뒤를 돌아보았다. 그곳엔 이 여름에 두툼한 옷을 껴입은, 그리고 그 옷보다 더 두툼한 볼살의 남자가 이쪽을 내려다보고 있었다.

갑자기 여기서 새로운 참전자라고?

그리고 그는 거침없이 말하기 시작했다.

"한슬로 진의 어휘가 미국식이든 영국식이든, 그것은 그의 출신을 추측하는 데 전혀 도움이 되지 않소. 그가 어렸을 때 누구와 자랐는지는 추측할 수 있겠소만."

"그게 무슨 말이오. 당신은 대체 누구길래?"

"나는 케임브리지에서 언어학을 가르치고 있소. 그리고 그런 내가 볼 때, 한슬로 진은 결코 우리 대영 제국이나 미합중국 출신이라고 볼 수가 없소. 왜냐하면 그의 소설에는 때때로 매끄럽지 못한 문장이 쓰이는 경우가 있는데, 그럴 때마다 동사를 문장의 맨 끝에 배치하더군."

나는 반사적으로 밀러 씨를 보았다. 내가 그랬어요?

밀러 씨가 가만히 생각하다 고개를 끄덕이는 걸 보니 진짜이긴 한가 본데…….

"이런 버릇은 대체로 독일계 이민자들이 갖게 되는 버릇이지. 따라서 그는 독일, 혹은 오스트리아 출신이오!"

"크읔…… 그 말, 책임질 수 있소?!"

"한슬로 진이 크라우트(Kraut : 독일인을 뜻하는 욕)라니, 어떻게 그런 망발을 할 수 있는가!"

"나는 학문적 견해를 밝힌 것뿐이오!!"

"결투다, 나와 이 자식아!!"

뭐야, 이거.

왜 애꿎은 내 국적을 갖고 쌈박질이냐 이 미친놈들은. 그 와중에 아시안이란 추측은 눈곱만큼도 안 나오네.

"거기! 경매장에서 무슨 소란입니까!"

"경비원!! 당장 끌어내세요!!"

당연히 사교장이나 다름없는 경매장에서 그런 소란이 허락될 리 없기에, 내 추측으로 별 해괴한 이론들을 늘어놓던 사관생도와 교수 2명 외 기타 등등은 경비병들에게 끌려 나갈 수밖에 없었다.

억울한 건…… 그 기타 등등에 나와 밀러 씨도 있었다는 점이다.

흑흑, 너무해. 난 아무 얘기도 안 했는데.

"뭐, 어차피 목표는 다 건졌잖나."

"밀러 씨는 토키 가면 크리켓 금지입니다."

"아니, 왜!?"

그러니까 왜 애꿎은 사관생도를 도발해서 이 사달을 만들어요, 왜!?

나는 그런 눈빛을 담아 밀러 씨를 쏘아보았고, 밀러 씨는 그 사관생도를 붙잡고 엉엉 우는 시늉을 했다.

"흑흑, 윈스턴. 내가 이러고 산다네."

"크흠, 너무 슬퍼하지 마십쇼. 밀러 씨."

……대체 언제 통성명까지 했냐.

내가 이 화상들을 어떻게 처분할지 고민하며, 집에 갈 마차를 부르러 몸을 돌린 그때였다.

"밀러 씨, 다음에는 저 쿨리는 놔두고 혼자 샌드허스트로 찾아오십시오! 그땐 이 윈스턴 레너드 스펜서-처칠(Winston Leonard Spencer-Churchill)이 크게 한턱내겠습니다!"

"……뭐?"

윈스턴, 무시기?

웨딩 마치

윈스턴 처칠.

영국 총리의 대명사, 히틀러의 대적자. 뚝심과 선견지명의 사나이이자…… 미스터 갈리폴리.

그 윈스턴 처칠이 무려 '육사 생도'라…… 새삼 내가 19세기 말에 떨어졌다는 사실이 실감 나기 시작했다.

아닌 말로 지금 내가 영국 와서 만났다는 사람들이 어떤 사람들이냐.

밀러 씨 가족, 리처드 벤틀리 주니어, 그 외 토키의 평범한 서민들.

모두 좋은 사람들이다. 좋은 사람들이긴 한데…….

그들에 대한 호오는 별개로, 한국에서 존재하는지도 몰랐던 사람들이니 19세기 말이라는 실감이 생기려야 생길 수가 없다.

그런데 그러던 내가 무려 윈스턴 처칠을 만나다니.

허허, 역시 인생 오래 살고 볼 일이다.

심지어 그 인간이 내 팬이라니, 세상에.

"왜 하필 처칠이냐."

나는 투덜거리며 중얼거렸다.

아니, 진짜 다른 사람 많잖아? 그 왜, 나 칭찬해 줬다는 루이스 캐럴도 있고. 근데 왜 하필이면 처칠이냐?

난 그 인간 싫다. 방금만 해도 끝까지 나 무시하면서 쿨리라고 부른 것만 봐도 레이시스트 느낌이 팍팍 나잖아? 조선 독립시키기 싫다고 빼애앵 대던 일빠 제국주의자를 내가 왜 좋아해야 해?

"허허허. 그런 일이 있었군요."

"정말 진땀 흘렸다고요."

벤틀리 출판사에서의 기념회 만찬.

리처드 벤틀리 주니어 외에는 얼굴도 몰랐던 다른 출판사 직원들이나, 〈템플 바〉 작가들하고도 인사를 나누는 자리라고 할 수 있다.

그리고 난 그 구석에서 조용히 식사하고 있었다.

처칠의 만남 탓에 새삼 이 시대와 나의 위치가 떠올랐기 때문이다. 잠시 생각을 정리해 보자.

19세기 말 영국. 그리고 그사이의 한국인…… 이 시대에서는 조선인.

주변인들이 하도 좋은 사람이 많은데다 밀러 씨의 후광 아래에 있는 나를 건들 사람은 극히 드물었기에 잠시 까먹고 있었지만, 확실히 상류층으로 가니 이런 경우도 생긴다.

아니, 정확히 말하자면 저건 그냥 저 빡빡이(예약)의 성격이 더러운 거긴 하다.

'뭐, 알빠임? 싶긴 하지만.'

어쩌라고. 그렇다고 니들이 뭘 할 수 있는데?

아무튼 결국 이것도 내가 영국인이 아니라서 생기는 일이란 얘기지.

어차피 나도 꼬우면 그냥 미국 가서 글을 쓰든 그림을 팔든 해도 된다.

애쉬필드에 정착한 현 상황에서 굳이 벗어나기 귀찮으니까 안 하고 있을 뿐이지.

다만, 그 영국 보수의 심장, 영국 빼고 전부 침몰되야 직성이 풀릴 제국주의자가 날 찬양해 대다니.

이건 이거대로 굉장히 오묘한 기분이 들 수밖에 없었다.

벤틀리는 그런 티를 팍팍 내며 고기를 써는 나를 보며 진땀을 흘리고는 말했다.

"하하. 사실 작가님, 지금 〈피터 페리〉가 인기를 끄는 건 어느 정도 그런 의미도 있습니다."

"예? 그럼, 그런 국수주의자들이 제 글을 보고 국뽕을 채우고 있단 말입니까?"

"아뇨, 아뇨. 그게 아니라 작가님의 정체가 신비주의라는 데에 있다는 겁니다."

엥? 나는 눈을 크게 떴다. 그러자 벤틀리는 밥 먹다 말고 일어나더니, 출판사 직원을 시켜서는 뭔가를 가져왔다.

그것은 식당에도 배달되는 신문들이었고, 그중에서도 황색 언론이나 타블로이드라고 불릴 만한 작은 신문들이었다. 한마디로 찌라시지.

물론 아직 그런 이름이 붙진 않았지만…… 거기 실린 뉴스는 충분히 그럴 만했다.

[—충격! 〈피터 페리〉의 작가는 하프엘프다?!]

푸우우우우우우웃——!
나는 나도 모르게 역류하는 맥주를 참지 못하고 뱉어내고야 말았다. 컥, 콜록콜록.

"……이게 뭔."

심지어 표지엔 내 얼굴과 전혀 닮지 않은 미남이 엘프와 비슷한 길쭉한 귀를 단 조악한 주작 사진까지 있었다.

나는 이걸 벽난로에 던져 버리고 싶은 마음을 간신히 참으며 고개를 꺾었다.

그러자 벤틀리는 히죽히죽 웃으면서 말했다.

"그뿐만이 아닙니다. 작가님께 보여 드리려고 스크랩하고 있던 것들도 있는데, 그중에서는 작가님이 사실 바이런 경(조지 고든 바이런, 1788~1824)의 알려지지 않은 후손이었다거나, 부모의 반대를 무릅쓰고 글을 쓰는 고위귀족가의 병약한 막내아들이라거나, 독일 출신의 여가수 릴리 레흐만(Lilli Lehmann)이라거나…… 크흐흐. 정말 재밌는 게 많았습니다."

"끄아아아."

저리 치워요. 그런 걸 왜 날 보여 주는 건데.

물론 이런 흥미가 나에게 도움이 되면 되었지, 마이너스는 아니라는 건 확실하다.

어쨌든 작가질이라는 것도 근본적으로 상업이고, 더 많이 관측될수록 더 많이 팔리는 건 자명한 일이니까.

현대에도 있던 일이긴 하다. 소위 노이즈 마케팅이라고 해야하나.

다만 여기서 중요한 건 절대 내가 친 사고로 노이즈가 생겨선 안 된다는 거다. 퍼거슨 경도 "SNS는 인생의 낭비"라고 말했었지.

실제로 좀 늦긴 했지만, 조용히 과수원만 가꾸던 거장

이 가만히만 있어도 대박 소식이 쭉쭉 올라오는 걸 보면…… 아, 근데 후속작도 좀 내줬으면 좋겠는데 그건 또 죽어도 안 내시더라.

"그렇기에 작가님이 정체를 숨기고 다니시는 게, 단순히 손해를 막는 의미에서 그치는 게 아니라 마케팅적으로도 좋습니다."

"이번에 내려가면 두 번 다시 올라오면 안 되겠네요."

"하, 하하. 웬만하면 그래도 자주 올라와 주세요. 저희도 작가님의 신변을 지키기 위해 물심양면으로 도와드리겠습니다."

그럴 만한 여유도 된다는 듯, 벤틀리는 자연스럽게 그렇게 말했다.

뭐, 당장 지금 먹고 있는 이것도 그런 부류이긴 하니까. 나는 군말 없이 고개를 끄덕이며 고기를 썰었다.

확실히 오랫동안 목축업 한 동네라 그런가, 고기 맛은 참 괜찮단 말이지.

섬나라인 주제에 생선이 정말 드럽게 맛이 없는 게 오히려 미스테리다.

그렇게 두런두런 이야기를 나누며 식사를 마친 나와 벤틀리는 일어나서 약속 장소로 이동했다.

이동하는 동안, 런던의 분위기는 한눈에 봐도 평소보다 들썩들썩했다.

딱히 상류층 거리가 아닌 곳도 오늘만은 어쩐지 공기가 맑고 매연이 적었다.

물론 아예 없진 않았지만, 그것도 아직 상류층들만의 전유물인 자동차에서 나오는 것들이다 보니 오히려 상류층 거리로 접어들수록 공기가 조금씩 탁해지는 듯하다.

"이쪽이죠?"

"예. 이 모퉁이만 돌면 될 겁니다."

"여, 이제 오나."

"밀러 씨."

약속 장소에 도착하자, 이미 밀러 씨가 근처의 카페에서 애프터눈 티를 즐기고 있었다.

팔자 좋게 스콘까지 이미 몇 개 드신 모양인데, 그러면서 나를 보자마자 삐죽 입술을 내미는 게 아닌가.

"세상에. 사장은 일하러 보내고 사원은 놀고 오다니, 말세로군. 천사의 일곱 나팔 소리가 들리는 것 같아."

"그게 왜 말세입니까. 밀러 씨가 일을 제대로 안 했기 때문 아닙니까?"

나는 어이가 없어서 손나팔을 뿌- 뿌- 불고 있는 밀러 씨를 보았다. 이 인간 도대체 나이가 몇 살이야?

일이 이렇게 된 이유는 간단하다.

벤틀리 출판사의 만찬에 갔던 나와 달리, 밀러 씨는 어제 경매장에서 쫓겨나느라 제대로 처리하지 못한 미술품

매매 계약을 마저 끝내러 크리스티즈에 돌아와야 했다.

그래서 밥도 제대로 못 먹고 여기서 티타임으로 배를 채우고 있는 거고.

그러니까 날 좀 작작 놀리셨어야죠.

"어쨌든, 여기 맞아요?"

"그렇다네."

'와야 했다'라는 말을 쓴 이유는 간단하다.

지금 나도 크리스티즈 옥션 하우스, 정확히 말하면 그 앞의 대로인 피카딜리 거리(Piccadilly Circus)에 와 있기 때문이다.

구역적으로는 웨스트민스터(Westminster)와 메이페어(Mayfair)의 경계인 거리.

버킹엄 궁전과 왕실미술원, 세인트 제임스 광장 등으로 둘러싸인, 서울로 치면 명동거리 비슷한 거대상권이 바로 피카딜리 거리다.

백화점과 호텔, 그리고 클럽들이 낮에도 휘황찬란한 조명을 밝히며 광고판을 내걸고, 다른 곳보다 억 소리가 나게 비싼, 그리고 그만큼 높은 퀄리티의 커피와 디저트를 즐길 수 있는 곳.

그런 곳이 오늘은 더 화려하게, 청색과 빨강색을 기본으로 한 영국 국기가 많이 걸려 있었으며, 그 옆에는 왕실의 기념비가 위풍당당하게 서 있었다.

지나가던 사람들도 목도리나 손수건, 아니면 모자 같은 식으로 국기나 왕실 문장을 하나씩들 품에 들고 있는 게 마치 2002년 월드컵 분위기다.

나야 그때는 그냥 꼬맹이였으니까 잘 기억은 안 나지만, 그래도 국가 전체가 굉장히 들뜬 분위기였다는 것은 잘 기억하고 있다.

근데 이렇게 사람이 많으니까 좀 불안 불안한데.

"이 길이 틀림없죠?"

"틀림없네. 어제 캐도건 경에게 들은 극비 정보야. 그 양반, 런던 경시청장 사돈의 팔촌의 조카의 이웃사촌이니 말이네."

남이란 소리잖아.

내가 이 실없는 중년의 고민하던 그때였다.

우렁찬 트럼펫 소리가 귀청을 때린다.

"길에서 물러나시오!!"

"요크 공작 전하(His Royal Highness The Duke of York) 행렬이오!!"

"테크의 공녀, 빅토리아 메리 전하(Her Serene Highness Princess Victoria Mary of Teck) 납시오!!"

온다.

우리는 두근거리는 마음으로 길에서 비켜났다.

그러자 군악대의 행진곡에 맞추어 그 유명한 레드코트

(Red Coat)가 왼발을 맞추었고, 풍선과 꽃잎이 날아오르는 화려한 광경이 펼쳐졌다.

"왕세손 전하시여, 만수무강하소서(Long live, your highness)!"

"대영 제국 만세! 만만세!!"

그리고 이 런던에 온 메인 이벤트.

조지 왕세손의 웨딩마치가 펼쳐지기 시작했다.

맨 먼저 모습을 드러낸 것은 의장대(Guard of Honour)였다.

현대에서도 인기 있는 런던 관광 상품 중에 버킹엄 궁전 앞 근위대 교대식이 있었지 아마? 지금 내가 보고 있는 것은 그걸 조금 더 좁긴 하지만, 더욱 화려하고 멋있게 하고 있다고 생각하면 된다.

절도 있게 음악을 연주하면서 왼발 맞춰 걸어가는 모습을 보고 있으니, 확실히 단순히 걷는 것일 뿐인데도 불구하고 굉장히 위엄이라고 해야 하나? 압박감이라고 해야 하나…… 그런 게 느껴진다. 거기에 유니언 잭과 국장을 새긴 깃발까지 휘두르니 더더욱.

원래 이런 것들이 다 '영국은 안전합니다! 국민 여러분은 안심하시고 왕실에 지지를 보내 주십쇼!!'하는 행사인 것을 지식으론 알고 있지만, 생각 외로 더 화려하다.

나도 모르게 빠져들 정도로.

게다가 지금은 상류층 거리에서 행차하고 있으니 구경 중인 사람들도 거기 못잖은 귀족이나 아니면 엘리트 계층일 텐데, 그런데도 꽤 흥분해 있는 게 느껴진다.
"와아아아!!"
"대영 제국 만세!!"
"흠, 위층에 자리를 빌려 놨네. 올라가지."
"역시 밀러 씨입니다."
온, 오프가 확실한 양반이라니까. 나는 밀러 씨가 이끄는 대로 카페 안쪽으로 들어갔다.

안쪽에는 마치 현대 커피샵처럼 위층으로 올라갈 수 있는 계단이 있었고, 2층으로 올라가자 테라스에 거리를 구경할 수 있는 자리가 마련되어 있다.

이런 데 엄청 비싸지 않나? 그렇게 묻자, 밀러 씨는 멋들어진 웃음을 지으며 말했다.
"돈은 이런 데 쓰라고 있는 거라네."
멋있다. 밀러 씨 진짜 멋있어! 이렇게 쿨하게 돈 쓸 때 보면 진짜 존경심이 든단 말이지.

그리고 괜히 비싼 돈값을 하는 게 아닌 듯, 2층 건물에서 내려다보는 웨딩 마치는 생각보다 더 쾌적하고 멋있었다.

아쉬운 게 있다면 정작 주인공인 왕세손이나 왕세손비는 못 보여 주겠는지, 시황제 행렬마냥 뚜껑 달린 가짜

마차만 몇 번이나 지나간다는 건데…….

뭐, 이건 어쩔 수 없지. 이렇게 좁은 골목인데다, 왕세손이면 왕위 계승 서열 2위잖아? 농담이 아니라 진짜 귀하신 몸이다.

안전이 최우선이니 뭐.

그렇게 흥이 살짝 식은 내 눈에 들어온 것은 바로.

"……저건 또 뭐야."

뭐야, 저거.

저게 여기서 왜 나와?

* * *

런던에 오기 전, 이번 결혼식 행렬은 원래 왕실의 전례보다 훨씬 화려하게 치러진다는 얘기를 밀러 씨에게 들은 적이 있다.

뭐라더라? 원래 조지 왕세손에게는 바로 한 살 위에 앨버트라는 형이 있었는데, 그 형이 약혼하자마자 급사하는 바람에 형수(진)과 함께 왕세손 자리를 이어받아야 했다나?

흔한 정략혼이 떠오르는 레퍼토리였고, 그런 내 감상은 시티 오브 런던 시민들도 비슷했나 보다.

일부러 웨딩 마치를 길고 화려하게 보여 줘서 민심을

달래려던 걸 보면.

그런데, 문제는.

"그 웨딩 마치에 쟤들이 왜 껴 있어요?!"

"그, 글쎄요. 허허허."

벤틀리가 내 눈을 피했다. 사실 나도 벤틀리를 보고 있지는 않았다.

내 눈은 마차와 마차 사이, 빙글빙글 춤을 추면서도 열심히 행렬을 따라가며 용케도 지나가는 아이들에게 꽃까지 나눠 주는 그들.

즉, 우리 요정학교 애들로 분장한 가장행렬(假裝行列)에 꽂혀 있었으니까 말이다.

나는 내가 손수 묘사했던 귀쟁이 엘프나 수염쟁이 드워프, 아가미 달린 님프와 나비 날개를 단 실프 등…… 그리고 무엇보다 피터 페리를 코스프레한 서커스단을 보며 입을 벌려야 했다.

솔직히, 퀄리티는 좋은 말로 해도 조악하다.

19세기 말의 화장 기술로 열심히 꾸민 것 같긴 하지만, 전문화된 미래 기술과의 격차는 어쩔 수 없으니까.

그나마 벤틀리 출판사가 삽화로 그려 넣었던 요정학교 교복으로 간신히 알아봤다.

그보다 문제는, 어쩌다 그런 기술로라도 열심히 우리 애들을 꾸미고 있냐고? 나는 벤틀리에게 다시 한번 물었다.

"벤틀리 씨."

"예, 예. 작가님."

"저거, 출판사에서 한 일입니까?"

"그럴 리가요. 저희는 이제 겨우 다시 살아나기 시작한 출판사입니다. 그런 능력은 없습니다."

그럼 대체 어떻게, 라고 중얼거리는 내게 벤틀리 씨가 충격적인 이야기를 해 주었다.

"신부인 테크의 메리 공녀, 이제는 요크 공작 부인 각하께서 작가님의 애독자이시긴 합니다. 아무래도 그래서 그런 것 같군요."

"……그 높으신 공주님이요?"

"높으신 분들이니 더 동심에 심취하지 않을까요? 팬레터도 보내셨는데 혹시 안 읽어 보셨습니까?"

그 많은 것 중에서 그거 하나를 어떻게 찾아 읽어? 나는 어이가 없어서 고개를 젓고 탄식하며 말했다.

"그래서 자기 결혼 퍼레이드의 마차 들러리로 요정들을 세웠다고요?"

"예, 뭐 그렇지요. 허허, 하긴 이젠 영국을 대표하는 아동문학인데 그게 영국 왕가의 결혼식에 쓰인다고 무슨 문제가 있겠습니까?"

난 한국인이야, 이 빌어먹을 영길리 해적 놈들아.

맘대로 외국인을 자기 대표로 내세우는 영길리 해적놈

들의 작태에 어이가 나간다.

"그러면 출판사는 전혀 몰랐던 거죠?"

"당연하지요. 저희가 뭐라고 그런 걸 얻어듣습니까. 그것도 왕실의 행사에 들어가는 걸요."

그건 그렇지.

나는 입맛을 다시며 고개를 끄덕였다.

아직 지적 재산권의 개념이 제대로 서지 않은 시대다.

개인이 코스프레하는 게 아니라 대대적인 행사니까, 21세기였다면 출판사를 통해 내 허락도 받고 소정의 감사비도 받았겠지.

근데 왕실이다 보니 그게 안 되네.

아깝다 아까워, 왕실 결혼식이라면 돈도 두둑하게 챙겨줬을 텐데.

……가만. 나는 머릿속에서 무언가, 나사 같은 것이 핏하고 맞춰 들어가는 느낌이 들었다.

"왕실 결혼식이라."

"작가님?"

"음…… 아냐. 고 녀석은 벌써 그렇게 써먹으면 안 되지. 하지만 이 녀석이라면……."

오랜만에 머리가 핑글핑글 도는 기분이다.

나는 안주머니에 넣어 뒀던 손바닥 크기의 수첩과 만년필을 무의식적으로 꺼내 들었다.

"저, 작가님?"

"놔두시오, 벤틀리 씨."

"하, 하지만 밀러 씨. 저 좋은 구경을······."

사각, 사각.

만년필이 불길을 뿜듯이 수첩 위를 내달렸다. 손목이 춤을 추었고, 눈길은 수첩 위에 못 박힌 듯 움직일 수가 없었다.

"나도 저걸 본 건 대충 둘, 아니 세 번짼가."

밀러 씨가 무어라 하는 말이 들렸지만, 들려오지 않았다.

"곧 좋은 원고를 볼 수 있을 게요."

내 정신은, 이미 피터와 함께 요정 숲에 가 있었으니까.

* * *

한편, 그 광경을 보고 있는 것은 비단 먼 미래의 동방에서 온 이방인만이 아니었다.

대영 제국의 수도, 시티 오브 런던의 중심.

그중에서도 더욱더 깊은 곳.

어둡진 않지만, 그 어느 곳보다 은밀하고 비밀스러워야 하는 곳. 화려한 드레스로 몸을 두른 단단한 얼굴의 노부인이 하얀 퀸을 움직이며 말했다.

"아이가 좋아하기에 결국 수락하긴 했소만, 솔직히 아

직도 마뜩잖군."

체크.

나이트의 목을 벤 퀸의 경로 앞에는 킹이 있었다. 고개를 끄덕인 상대 중년 귀족은 폰을 움직여 그 앞길을 막았다.

"당사자들이 좋아하니 어쩔 수 없지 않겠습니까."

"그게 문제요. 쯧, 좋아하려거든 문학적으로도 가치 있고 역사에도 남을 명작들이 많잖소? 그런데 요즘 애들은 탐정이니, 요정이니……."

"하하, 한창 피 끓는 청춘들이니까요."

귀족은 식은땀을 흘리며 말했다.

이는 비단 하얀 나이트가 폰을 치워, 또다시 킹이 목숨을 위협받고 있기 때문만은 아니었다.

그저 말 한마디 잘못한 결과, 눈앞의 노부인이 언짢아졌다는 이유 하나만으로 한창 진행 중인 결혼식을 결국 물러 버리지 않을까, 그것이 두렵기 때문이었다.

그런 폭거를 저지르고도 남을 사람이고, 그러고도 얼굴색 하나 바뀌지 않을 사람이다.

그런 상대를 보며, 노부인은 가볍게 코웃음을 치고는 말했다."

"너무 불안해하지 마시오. 내가 왕세손비를 바꾸지 않은 것은, 그만큼 메리가 참하고 어여쁜 아이라는 것을 알기 때문이니."

"성은이 망극하옵니다."

여왕 폐하.

신부의 아버지, 프란츠 폰 테크 공작은 침을 꿀꺽 삼키며 눈앞의 살아 있는 천재지변, 독존(獨存)하는 지존(至尊), 빅토리아 여왕의 안색을 살폈다.

그런 한편, 손으로는 킹을 비숍 뒤로 숨겨 위험을 피했다.

여왕은 다시 콧방귀를 뀌며 말했다.

"메리가 상심한 상황에서 급하게 결혼식을 치르는 것이라 원을 들어주기는 했소만, 앞으로는 왕가의 위신을 위해서라도 이런 철없는 고집은 그만 부려야 할 것이오."

"딸에게 단단히 이르겠나이다."

"좋소."

그렇게 말한 순간, 먼 곳에서 기회를 노리고 있던 여왕의 하얀 비숍이 순식간에 다가와 검은 왕을 잡아 버렸다. 프란츠는 침을 꿀꺽 삼켰다.

역시 놀아 주는 거였나, 대화할 시간을 만들려고……

"이제 가시오. 이 할미는 공사가 다망하여 손주의 혼인을 볼 수 없지만…… 딸 가진 아비로서 신부의 손은 잡아 줘야 하지 않겠소."

"성상의 은혜가 하해와 같사옵니다."

프란츠 공작은 빠르게 고개를 숙이며 마치 도망치듯 여왕의 방을 나섰다.

그 모습을 보던 빅토리아 여왕은 혀를 쯧 차며 말했다.

"우리 대영 제국의 국구(國舅)가 될 위인이 저렇게 아둔해서야."

물론, 그래서 사돈으로 낙점한 것이기는 했지만…… 빅토리아 여왕은 손을 까딱여 벨을 울리라 명했다.

하나는 체스판을 정리시키기 위해서였고, 또 하나는.

"여왕 폐하 만세(Long live the queen). 부르셨사옵니까."

테크 공작과 교대하듯 방에 들어온 남자는 해군 제복을 입었으나, 영국 해군의 군적(軍籍)에는 이름이 올라와 있지 않은 인물이다.

아니, 그 세계 어느 호적에도 이름이 올라와 있지 않을 것이다.

"조사하라 이른 것은 어찌 되었는가."

"예, 이전 보고드린 대로, 한슬로 진은 아시아인이 틀림없사옵니다."

남자는 여왕에게 다가와 사진 몇 장을 올렸다.

사진은 흑백이었지만, 그 안에 있는 인물이 아시아인 특유의 골상(骨相)을 가진 것은 충분히 알아볼 수 있었다.

본래 벤틀리 출판사와 크리스티즈, 그리고 그 이전부터 네덜란드 암스테르담이나 프랑스 파리 등. 미술상 프레데릭 밀러의 하인, 혹은 직원쯤 되는 특이한 쿨리 자체는 알게 모르게 얼굴이 팔려 있었다. 이름까지 알 가치는 없다 보니 유명하진 않을 뿐.

빅토리아 여왕은 턱을 괴며 불만스럽게 중얼거렸다.

"쯧. 아쉽군. 기껏 자포네스크(Japonesque : 서양에서 유행한 일본풍의 유행)를 밀어내나 했는데…… 하여간 이 나라의 상류층이란 것들은 자국 문화를 애호할 생각이 없는 건가?"

비록 나고 자란 곳이 독일이기는 하나. 아니, 오히려 그래서 더더욱 빅토리아 여왕은 문화의 힘을 잘 알고 있었다.

사람은 잘 아는 것, 많이 본 것에 안도하고, 마음이 가는 법이다.

그것을 뭉뚱그려서 말하는 것이 바로 문화이고.

그런데 그녀가 다스리는 나라, 영국의 문화 예술은 솔직히 말해 독일이나 프랑스에 비해 많이 모자라다.

음악, 미술, 철학…… 물론 제일 심각한 건 요리지만.

그나마 좀 선도적이라 할 수 있는 분야가 다름 아닌 문학.

셰익스피어, 제인 오스틴, 조지 고든 바이런, 윌리엄

블레이크……

그래서 여왕은 알게 모르게, 극단을 지원하거나 오페라 하우스를 후원하는 등, 높은 문학의 힘을 유지하도록 노력해 왔다.

그 노력이 성과가 있어서 연재 소설 문화가 꽃을 피운 곳도 런던이다.

물론 그 때문에 왕립 문학회와 대중문학이 허구한 날 쌈박질이나 벌이고 있지만, 그건 그거대로 성행의 징조이니 넘어가고.

그런데, 정작 그 중요한 문학에서 제일 인기를 누리고 있는 작가가 일본인이라니…….

"참으로 한심할 따름이오."

빅토리아 여왕은 그렇게 탄식했지만, 보고를 올리던 남자는 고개를 저으며 말했다.

"그 점은 안심해도 될 듯하옵니다. 폐하."

"무슨 말인가."

"여러 방면으로 교차검증을 해 본 결과 한슬로 진은 일본 출신이 아니며, 핏줄 자체도 일본과는 거리가 있다는 사실을 알아냈사옵니다."

"그러면 홍콩 출신의 중국인이 아닌가?"

"이스트엔드의 홍콩인 집단에서도 이렇다 할 정보를 얻지 못했사옵니다. 인류학자들 역시, 일본이나 중국 출신이라기엔 지나치게 키가 크고, 피부가 하얀 편이라는 증언을 했사옵니다."

그럼 대체 어디에서 온 자란 말인가. 빅토리아는 마치 하늘에서 뚝 떨어진 것 같은 쿨리의 정체를 추측하려다가 눈살을 찌푸렸다.

'설마, 정말로 반요정(half-elf)인가?'

그럴 리가 있나.

자신이 너무 피곤했던 것이라 생각하며 빅토리아는 고개를 저었다.

"혹시 허락해 주신다면, 그를 체포하여 정체를 밝히기 위해 고문을……."

"그럴 필요는 없소."

여왕은 고개를 저으며 말했다.

영국인이 아니라는 건 좀 아쉽지만, 일본인도 중국인도 아닌 듣도 보도 못한 나라 출신이라면 크게 경계할 필요가 없다.

"그대들조차 제대로 모를 정도로 약하고 작은 나라 따위가 수작질을 부려 봐야 무슨 소용이 있겠나. 우리 대영 제국은 그렇게 나약하지 않다."

지금의 반석과 같은 대영 제국에는 그럴 만한 국력이 있었다. 빅토리아 여왕은 그렇게 자신하며 남자를 물렸다.

남자 역시 그렇게 생각한다는 듯, 더 말하는 대신 그저 고개를 숙이며 물러났다.
 홀로 남은 여왕은 응접실의 한편, 새 손주 며느리가 가져왔던 책을 꺼냈다.

 〈피터 페리와 요정의 숲〉.

 "하여간, 요즘 애들은."
 말은 그렇게 하면서도, 여왕은 천천히 책갈피를 넘겼다.
 문장이 짧아 늙어서도 보기 편한 책이란 건, 이 시대에 정말 드물긴 했다.

* * *

 축축한 어둠 속에서 눈을 떴다.
 온몸이 시큰거리고 뻐근하다. 세상 모든 죄를 짊어지기라도 한 듯, 어깨와 목과 등 근육이 비명을 질러 댔다.
 이게 다 뭐 때문이냐.
 "뭐긴 뭐야. 3일 철야로 두드려서 그렇지……."
 나는 침대에서 일어나다 말고, 굳어 있는 팔다리와 허리를 비틀어야 했다. 그러지 않으면 금방이라도 눈앞이 캄캄해져 다시 자리에 주저앉아 기절할 것 같았으니까.
 뚜둑, 뚜둑. 뚜두둑.

관절이 꺾이는 건지 부서지는 건지 헷갈린다. 그래도 다행히 그럭저럭 몸이 풀리고, 활기라는 낯선 감각이 돌아온다.

깊은 한숨을 쉰 나는 창문의 커튼을 열어 밖을 엿보았다.

해가 벌써 중천에 떠 있었다.

내려가면 대충 뭐 하나 정도는 얻어먹을 수 있을 것 같다. 그러고 보니 넉넉잡아 80시간 정도 커피와 빵 외에는 제대로 입에 넣은 게 없단 사실을 깨달을 수 있었다.

덤으로, 런던에서의 화려한 생활도.

벌써 1달은 지났는데, 아직도 며칠 전 이야기 같다.

애쉬필드로 돌아온 것은 삼 주 전.

원래대로라면 더 늦게 내려와야 했지만, 밀러 씨가 갑자기 호들갑을 떨며 내려가자고 난리를 피운 덕분에, 영감이 완전히 죽지 않은 상태로 내려올 수 있었다.

아무튼, 그 이후 난 자체 통조림에 들어갔다 이 말이다.

런던에서도 틈틈이 생각나는 대로 쓴 메모를 중심으로, 머릿속에 떠오른 영감들을 조합하여 정신없이 써 내리기 시작했다.

사실 작문이라는 게 원래 그렇다.

아무 아이디어가 없을 땐 그저 모니터를 켜 놓고 멍하

니 2~3시간 있다가 이것저것 끄적이고 지우길 반복하며 시간 낭비하는 게 다반사지만, 막상 필받을 때는 한두 시간 만에도 한 화가 뚝딱 나오기도 한다.

'보통은 '마감' 로이드의 버프 덕일 경우가 대다수지만……'

아무튼 이번은 처음 펜대를 들었을 때처럼, 글을 쓰고 싶어 온몸이 근질거리는 감각을 오랜만에 느꼈다.

그만큼 런던에서의 이런저런 경험들이 내게 깊은 인상으로 다가왔다 볼 수 있으려나.

뭐, 결국 영감과 그것을 글로 옮기는 것은 전혀 다른 문제라서 새롭게 얻은 아이디어 중에서 옥석을 가려내고, 그 가려낸 걸 적당히 부합시키는 데 시간이 걸리고 말았지만.

내가 머릿속에 영감이 떠오르는 족족 바로 원고로 변모시키는 그런 천재는 아니었기에 어쩔 수 없었다.

없는 재능을 한탄하기보다는, 짬빠로 단련된 기술과 노력만이 답이지.

아무튼.

"고생한 가치는 있는 거 같네."

나는 책상 위를 보았다.

그곳에는 두 뭉치의 원고가 있었다.

그중 하나는 한 줌의 영감과 99%의 노력으로 완성

한 제3권, 〈피터 페리와 기묘한 결혼식(Peter Perry's Weird Wedding)〉의 원고.

어제 막, 내 기력을 쭈우우우욱 빨아먹고 완성된 물건이다.

내 산고(産苦)의 결정체라는 얘기가 되지만, 지금은 그냥 무슨 네크로노미콘이나 천암비서 같은 마공서로 보일 뿐이다. 주인 피 빨아먹는 게 마공서지 별 게 마공서냐.

"아무튼, 이걸로 대충 석 달은 놀고 먹으려나…… 크흠."

이런, 목소리가 지독하다. 마치 저 깊은 옥 굴에서 긁어나오는 것 같다. 그러고 보니 막 일어나서인지 목도 좀 칼칼하다.

그리고, 그렇게 인지하기 시작하니 배도 고파졌다.

생각해 보니 나, 밥도 거의 안 먹었지?

"일단 내려가서 뭐라도 마셔야겠네……."

난 비칠비칠 몸을 좌우로 흔들며 아래층으로 내려가려 했다.

반쯤 감긴 눈, 풀린 다리.

온몸에 제대로 힘을 줄 수 없는 게, 누가 봐도 물을 마시러 주방에 가는 게 아닌 먹잇감을 찾아 어슬렁거리는 좀비 같아 보일 터였다.

안 되겠다. 피곤해서 그런지 머리가 안 돌아가.

난 그렇게 한 손으로 머리를 감싸며 난간이 있을 부분을 향해 손을 뻗었다.

그러자 그 순간, 도자기 특유의 질감이 손끝에서 차갑게 느껴졌다.

"괜찮아요, 한슬?"

"아, 마님."

나는 그제야 클라라 부인이 직접 물컵을 가져와 줬다는 것을 깨달았다.

황급히 공손하게 물컵을 받아, 지체 없이 들이킨다.

꼴깍꼴깍 넘어가는 생명과도 같은 시원한 냉수.

"……크! 감사합니다. 죽는 줄 알았네요."

"일이 많이 밀려 있었나요? 이렇게 며칠씩 칩거한 적은 없었잖아요."

"아니, 뭐 그야."

클라라 부인의 눈에는 걱정이 한가득하였다.

아마 내가 원고 내팽개치고 런던 출장을 가느라 글 쓸 시간이 없었던 거라고 착각하시는 모양이다.

나는 그 눈을 슬며시 피하며 웃었다.

"그, 창작자들이 가끔 그럴 때가 있습니다. 자기 뻘에 자기가 주체를 못 해서 몸 안 가리고 며칠씩 글 잡고 두드리는 그런 때가 말이죠."

"그런가요?"

클라라 부인은 고개를 갸웃거렸다. 나름 납득한 모양이긴 했지만, 얼굴엔 여전히 물에 빠진 아이를 바라보는 듯한 근심이 그득했다.

 동양인 특유의 동안 때문인가? 이분도 가끔 보면 나를 당신의 아이들처럼 취급한단 말이지…… 매지와 놀아 줄 때는, 무슨 동생들 돌보는 기특한 첫째를 보는 듯한 따뜻한 눈을 하고 있으셔서 머쓱할 때가 한둘이 아니다.

 아무튼.

 "예, 자기 흥에 제가 주체를 못 하는 거니 걱정하지 않으셔도 됩니다."

 "자랑스럽게 이야기하는군요. 내가 듣기엔 전혀 몸에 안 좋을 것 같은데."

 "젊어서 고생은 사서도 한다는 말이 있잖습니까, 마님. 하하하, 전 걱정하지 않으셔도 됩니다."

 나는 짐짓 웃으면서 주변을 둘러보았다. 그러고 보니 왜 마님이 이걸 직접 가져오셨지? 요리사인 제인이나 하녀들은?

 그런 내 기색을 눈치챈 듯, 클라라 부인은 옅은 미소를 지으며 말했다.

 "유모는 메리를 돌보고 있어요. 제인은 점심 준비를 하고 있구요."

 "애들은 학교에 가 있겠군요."

"네에."

메리는 밀러 씨네 늦둥이 막내딸이다. 메리 클라리사 밀러(Mary Clarissa Miller).

내가 온 지 얼마 안 돼서 태어난 애였는데, 이제 겨우 세 살 됐나?

올망졸망하고 뽀짝뽀짝해서 귀여움이라는 게 폭발할 나이다.

애들도 무려 10살이나 차이 나는 여동생이 귀여운지 잘 따랐지. 그래서 상대적으로 나랑 덜 놀게 되긴 했지만.

아무튼 점심이라…… 그러면 지금 시간이 몇 시지?

괘종시계를 본 나는 무려 정오가 다 됐다는 것을 알았다.

……뭐야, 그리 늦게 일어난 편도 아니었네?

물론 이곳에 온 이후로는 그런 적이 별로 없었지만, 한국에 있을 때는 밤낮이 바뀔 때도 허다했으니 말이다.

"잘됐네요. 제인에게 말해 둘 테니, 같이 식사할래요?"

"감사합니다, 마님. 안 그래도 배고파 죽을 뻔했습니다."

나는 쓴웃음을 지으며 말했다.

클라라 부인은 이런 분이다.

아무리 친하다지만 하인에, 유색인종에 불과한 사람을

마치 하숙인처럼…… 아니, 그 이상으로 가족처럼 대해주는 귀부인.

밀러 씨가 팔불출이 된 게 이해가 간다. 이런 착하고 예쁜 부인인데 심지어 소꿉친구다. 아름다운 순애일 수밖에 없지.

아무튼 덕분에 배를 채울 수 있었다.

공복에 안 좋다는 이유로 빵이나 고기는 피하고 대신 크림 수프에 샐러드였지만, 빈속에는 확실히 이런 게 더 몸에 잘 받았다.

물론 앉은 자리에서 수프만 세 그릇을 비워 놓고 뭐가 더 소화에 좋냐는 얘기는 좀 애매하긴 하지만.

뭐, 어쩔 수 없잖아? 배고파 죽을 뻔했으니까.

그리고 그렇게 폭풍같은 식사를 끝내는 동안, 어느새 매지와 몬티가 귀가했다.

"다녀왔습니다!!"

"다녀왔슴다."

"두 사람 모두 어서 오세요."

매지 나이 14세, 몬티 나이 13세. 한국으로 치면 중1, 초6인 나이다.

나는 능숙하게 두 아이의 책가방을 받았다. 그러자 그런 나를 본 두 아이의 눈이 커다랬다.

"한슬! 이제 나온 거야?"

"오랜만이야!"

"아가씨, 도련님."

다짜고짜 달려드는 두 아이의 모습에 눈물이 핑 돌았다.

그래, 동생 태어났다고 내가 기저귀 갈아줘 가면서 키운 애들의 마음은 어디 가지 않는…….

"죽은 줄 알았어!"

"응, 방에서 이상한 소리가 들려서, 한슬이 많이 아프다고 했어!"

"……누가 그랬습니까?"

"아빠가!"

아, 역시.

나는 가만히 밀러 씨의 방으로 눈을 돌렸다.

어디 보자, 저 방에 런던에서 큰맘 먹고 샀다는 크리켓 배트가 있든가 아마?

* * *

하여튼 그래서 두 아이는 내가 진짜로 죽는 줄 알고, 간호도 해 주려 했단다.

정말 눈물 나게, 그리고 그 아빠에게 과분할 정도로 착한 아이들이다.

나는 두 아이의 머리를 쓰다듬어 주고는 말했다.

"괜찮습니다. 아프긴 했고 죽을 뻔하긴 했지만 죽진 않았어요."

"어디가 그렇게 아팠어?"

"호 해 줄까? 호~"

"감사합니다. 도련님."

아이들의 마음은 정말로 고맙다. 하지만 초등학생 애들한테 받으면 뭔가 사회적으로 끝장나는 기분이라, 마음만 받았다.

"그보다 이번 원고를 다 썼는데⋯⋯ 먼저 읽어 보실 분?"

"나! 나!!"

"내가 먼저 읽을 거야!!"

책 얘기가 나오자, 두 사람의 반응이 열정적으로 바뀌었다. 그럴 만하지, 이 두 사람이야말로 〈피터 페리〉의 첫 번째 독자들이었으니까.

"나야! 지난번엔 니가 먼저 읽었잖아!"

"이게, 누나한테 말버릇이 그게 뭐야!"

"누나가 누나같이 굴어야 누나지!!"

"자, 자. 두 분."

다만 애들답게 좀 불타는 게 빠르다는 게 문제지만. 나는 빠르게 두 사람을 말렸다.

"이렇게 하시죠. 가서 가방 놓고, 손 씻고, 옷 갈아입고 내려오십시오. 그러면 제가 홍차와 과자, 원고를 가지고 올라가서 읽어 드리겠습니다."

"정말이야?"

"어떤 과자?"

"브리오슈(Brioche)입니다."

아이들이 환호했다. 악의 딸이 좋아했던 간식은 확실히 영국 아이들에게도 호평이었다.

잠시 후, 나와 아이들은 애쉬필드 저택에 딸린 정원의 그럴듯한 양지바른 곳에 자리를 폈다. 사유지가 넓으면 진짜 이런 게 좋단 말이지.

"지난번에 어디까지 읽어 드렸죠?"

"멍멍이!"

"나쁜 개가 루리를 물었어!"

"아하."

그 에피소드였군.

나는 씨익 웃으면서 원고를 보았다. 잉크는 이미 다 말라 있었다.

"이건 단행본용 원고입니다. 피터와 친구들이 오베론 아카데미아의 3학년이 되었죠. 그 해, 피터는 모든 생명이 움트는 봄, 새로운 생명이 탄생하고 겨울잠을 자던 동물들이 땅속에서 깨어나는 요정의 약동제(躍動祭)를 맞아 새로운 결혼을 올리는 물의 요정, 님프 드라케의 결혼식에 초대를 받습니다……."

 내 목소리에 두 아이의 시끄러운 목소리가 점점 묻혀 갔다. 성량을 줄인 것이 아니다. 숨소리마저 죽이고, 내 이야기에 빠져드는 것이다.

 나는 싱긋 웃었다. 네 개의 눈동자가 마치 보석처럼 빛나고 있었다.

 순수한 찬탄과 경애, 그리고 풍부한 상상력이 빚어 내 아름답게 구현화 된 이야기가 그 보석들 안에서 빛나고 있었다.

 내가 만든 이야기가 그 구현을 이끌어 내는 건지, 아니면 그 구현된 이야기를 내가 받아적었을 뿐인지는 모른다. 그런 건 철학가들이나 하라지.

 다만, 나에게 중요한 건 이 아이들이 재미를 느끼고 있는가 아닌가다.

 그리고 지금 이 반응을 보면, 그건 확실하게 성공했다.
 그것이 내가 글을 쓰는 보람이었다.

* * *

"……정말이지, 이 작가님은."
 런던, 벤틀리와 아들 출판사.
 리처드 벤틀리 주니어는 침을 꿀꺽 삼켰다.

그의 눈은 프레데릭 알바 밀러의 두 아이들과 같은 색으로 반짝반짝 빛나고 있었다.

찬탄과 경애.

그리고 그것은 전문가의 눈인 만큼, 아이들과 같은 순수함은 없을지언정 더욱 정교했다.

첫 번째 1권, 〈피터 페리와 요정의 숲(Peter Perry and Fairies' Forest)〉.

얼마 전부터 시장에 내놓고 있는 2권, 〈피터 페리와 어둠의 문(Peter Perry and the Darkness Door)〉.

그리고 이것이 세 번째 책.

책을 거듭할수록 재밌다. 흥분된다. 생생한 이야기가 머릿속을 관통한다.

심지어 마감을 설정하는 의미가 없을 정도로 빠르게 글이 나온다! 과연 이보다 더한 가성비가 있을까?

"정말이지."

벤틀리가 빙긋 웃음을 지었다.

최고의 작가와 계약했다는 자부심으로 가득한 웃음이었다.

"이대로만 갔으면 소원이 없겠군."

그의 소원은 이루어지지 않았다.

클리프행어

버려진 곳(outcast).

시티 오브 런던의 중세 장벽 동쪽에서 템즈 강의 북동쪽, 이스트엔드 오브 런던(Eastend of London).

화이트채플을 비롯한 빈민가에 항상 따라다니는 명칭이었다.

나라에서 버려지고, 신으로부터 버려진, 배덕과 빈곤과 음울과 죄악의 거리.

살인마 잭, 애런 코즈민스키가 사형되었다 한들 달라지는 것은 없었다. 그저 손님 없던 미용실 하나가 문을 닫았을 뿐이다.

굳이 살인이 아니더라도 창녀들은 죽임당했다. 그저 살인범이 잭이 아닐 뿐이다.

그 범인은 때로 병이었고, 때로 굶주림이었으며, 또 때로는 마약이었다.

잭과는 달리 실체가 없는 만큼 더욱 잔인했고, 더욱 일상적이었다.

잡역부라고 해서 다르지 않았다. 노동자라고 해서 다르지 않았다.

심지어 노소(老少)도 가리지 않았으나…… 노인의 사망은 드문 편이었다. 그 전에 이미 사망했기 때문이다.

어림 추산만으로 약 1백만 명. 런던 인구 5백만 중 20%가 그렇게 살았다. 고독(蠱毒) 속의 목가적인 사회였다.

하지만 그 고독에, 고작 몇 년 사이 전혀 다른 훈풍이 불고 있었다.

화이트채플 동쪽 끄트머리, 올드 스트리트(Old Street)에서 잡화점을 하고 있는 월터는 그것을 확실하게 체감하고 있었다.

딸랑딸랑—

문에 달아 둔 방울 소리를 잡아먹은 익숙한 목소리에 월터가 신문을 내렸다.

그곳엔 어두운색의 더럽고 꾀죄죄한 외투로 전신을 감싼 남자가 모자를 눌러 쓰며 다가오고 있었다.

"월터, '그거' 들어왔나?"

"또 왔나. 딕."

어두운 조명 아래 자욱한 담배 연기가 그 얼굴을 가렸지만 서로 신경 쓰지 않았다.

어차피 뭐 피차 늘상 보는 중대가리 얼굴이었다.

"원하는 거라면 들어왔지. 다행히 딱 하나 남았네."

"오!"

어서 보여달라는 듯 딕이 손을 내밀었다. 월터는 후—하고 궐련의 불을 지져 끄고는, 카운터 아래에서 그가 원하는 것을 바로 꺼냈다.

〈템플 바〉 최신호.

화이트채플에서는 구하기 힘든 귀물이나 다름없었다.

이유는 간단했다. 이스트엔드의 빈민들은 남녀노소를 막론하고 책 같은 고-급 문화생활을 향유하기엔 지나치게 가난하고, 바빴고, 무엇보다 무지했다.

수요가 없으니 공급도 없고, 책방이 없으니 책을 구할 수도 없다. 위대하신 경제학자들이 보았다면 기립박수를 칠 '보이지 않는 손'의 위업이었다.

그나마 올드 스트리트는 이스트 런던 대학교(East London College)와 가까운 대학가인지라, 잡화점을 하는 월터도 책과 잡지를 취급했다.

돈 없는 학생들을 위해 낡은 책을 매매하는 곳이기 때문이다.

클리프행어 〈161〉

하지만 최근에는 직접 잡지를 사들이게 되었다. 이게 다 〈피터 페리〉 덕이다.

당장 지금 찾아온 딕을 보라, 빠져들 듯한 눈으로 그것을 보고 있지 않은가. 아니, 이미 빠져들었다.

월터는 그것을 보며 슬며시 미소를 지었다. 그것은 단지 책을 팔 수 있다는 장사치로서의 웃음만이 아니었다.

예전의 딕이었다면 이런 활자 덩어리, 거들떠보지도 않았을 것이다.

하지만 최근 그는 이 활자 덩어리에 그 예쁜 붉은 머리의 샐리나나, 매일 절여 살았던 미지근한 맥주보다도 더 많은 돈을 탕진하고 있었다.

아니, 탕진한다는 말은 조금 지나칠 수 있다. 어차피 1실링(대략 만 원)밖에 안 하니까.

아무튼 그는 다른 낭비를 줄이고 한 달에 한 번 책을 사 읽는 것에 집중하고 있었다.

그 덕에 돈도 모이고 있을 것이고, 생활도 점점 안정되어 가고 있을 것이다.

이웃으로서, 친구로서 월터는 자연스러운 웃음을 지으며 말했다.

"자네 같은 술고래가 이렇게 책에 빠져들 줄은 몰랐군."

"나에게도 꿈은 있었어. 월터."

딕은 씁쓸한 목소리로 말했다. 월터는 고개를 끄덕였다.

이 하늘조차 허락되지 않은 독무의 도시에서, 아주 가끔 보인 푸른 하늘을 동경하지 않은 자는 없다.

낮이고 밤이고 상관없었다. 낮이라면 그저 끝없이 파란 창공에, 밤이라면 샛노란 별들의 바다에 닳고 닳았다 생각했던 마음 한 조각을 흘려보내면 그만이니까.

그리고…… 〈피터 페리〉는 그런, 마치 하늘과 같은 소설이었다.

딕 같은, 달팽이껍데기를 놓고 a도 몰랐던 문맹도 어찌어찌 읽을 수 있을 정도로 읽기 쉽고 간단했다. 그러면서도 읽으면 읽을수록 머리가 맑아진다.

피터와 포셔, 두 어린아이가 순수하고 해맑은 요정들과 뛰노는 장면에서는 잃었던 동심을 되찾는 기분이 든다.

요정들의 낙원이 어둠의 요정, 마귀(Fiend)들에게 공격받을 때는 빚쟁이나 깡패들에게 집이 뒤집히던 기억이 되살아난다.

그리고 거기에 맞선 피터가 마침내 요정과 학교를 구하는 장면을 보면…… 자신들에게도 이런 기회가 있었으면 얼마나 좋았을까.

그런, 헛되고 아프지만, 적어도 그 순간만큼은 따뜻하고 꽉 차는 마음을 느낄 수 있었다.

아편이나 술, 아니면 매춘 같은 것보다 훨씬 건전한 쾌

락이다.

월터가 딕의 몸에서 술 냄새, 혹은 아편 냄새를 맡지 않은 지도 꽤 오래되었다.

그렇기에 월터도 그런 딕을 응원했다.

"그러고 보니…… 월터, 자네는 이번 신간 읽었나?"

"나? 나야 못 봤지. 내 몫으로 빼두면 항상 딸애가 먼저 와서 가져가니까."

"저런."

딕이 안타까워하는 모습을 보며 월터는 생경한 감각을 느꼈다. 저 친구가 저런 표정을 지을 수도 있었던가? 그 개망나니 딕이.

그리고 뒤이은 딕의 말에, 월터는 정말 크게 놀랄 수밖에 없었다.

"그럼, 나랑 같이 읽겠나?"

"……그래도 되겠나?"

"내 몫도 빼 준 보답은 해야 하지 않겠나."

"허어."

진짜로 사람 다 됐군.

월터는 술 먹고 개망나니가 되어 사람도 죽일 뻔했던 그 딕이 이제 더 이상 존재하지 않는다는 것을 깨달았다.

'역시 사람은 고쳐 쓸 수 있는 건가.'

그렇게 생각한 월터는 딕의 옆으로 다가갔다. 딕의 갱

생과는 별개로 그 역시 〈피터 페리〉의 애독자였으니, 호의를 거절할 이유가 없었다.

그렇게 이스트엔드의 구석, 밑바닥의 두 중년 남자는 딱 붙어 책을 펼쳤다.

늘 보는 누런 하늘 아래에서, 그들의 마음을 적시는 푸른 하늘을 그리면서.

그리고.

"어, 어어?"

"이, 이게 대체?!"

하늘에서 운석이 떨어졌다.

* * *

피터는 숨을 몰아쉬었다.

힘든 싸움이었다. 온몸에서 힘이 쭉 빠졌다.

야수왕 바게스트.

세 번째 암흑요정들의 왕은 강했다. 그…… 아니 '그들'을 이루는 분신인 블랙독(Black dog) 또한.

하지만 이젠 괜찮겠지. 전부 쓰러트렸으니까. 덕분에 힘이 다 빠졌지만, 상관없을 것이다.

하나도 남김없이 쓰러트렸으니.

그렇게 생각한 그 순간.

푸욱.

―어, 어째서.

경악으로 물든 피터의 눈이 등 뒤를 향했다.

이루릴.

처음으로 그와 만난 요정 친구. 그녀가 피터의 가슴을 향해 칼을 찔러 넣고 있었다.

―미안해.

―…….

―미안해. 피터.

그녀의 말에 피터는 답하지 못했다.

심장이 멈춘 이는 말을 할 수 없으니.

* * *

잠시 역사를 100년 정도, 그것도 뒤가 아니라 앞으로 돌려서 지구 반대편의 대한민국.

21세기 초, 이 나라의 소설계는 두 계층으로 엄격히 나뉜 상태였다.

문단으로 대표되는 순수문학과 1990년대 안녕 전화를 비롯한 PC통신에서 탄생한 이래 제4세대가 된 장르문학. 이른바 웹소설 시장이 바로 그 둘이다.

물론 그 가운데에 끼어 존재감이 0에 수렴하는 사이언

스 픽션— 공상과학 소설 시장도 있긴 하지만, 이쪽은 명예도 돈도 없는 주제에 세금만 축내며 사멸해 가는 순수 문학보다 더 암울한 상태이니 넘어가고…….

그중 장르문학 시장에서 생존 방식은 개파조사 네크로맨서 이래 딱 하나였다.

재미.

그것을 위해서라면 얼마든지 자극적이어도 좋다. 얼마든지 파격적이어도 좋다.

책통법과 출판 카르텔의 비호 아래, 순문학 작가들이 온실 속 화초로 썩어 가고 있을 때. 웹소설 작가들은 무간지옥 같은 무한경쟁 속에서 키보드를 두드리며 재미라는 화두 하나만을 갈고닦은 것이다.

한 명이라도 더 많은 독자를 끌어들이기 위해, 독자들의 감정을 지배하기 위해, 순수문학에서는 금단이라 낙인찍힌 작법들이라도 거리낌 없이 연구했다.

그리하여 장르문학이라는 무림에도 수많은 절기들이 탄생하였으니.

오글거린단 소리를 들을지언정, 임팩트는 확실한 대사를 찍어 내는 '풍둔 아가리술'.

1일 1편의 암묵적 룰을 어기고 2~3편, 많으면 5편까지도 올려 버리는 '연참신공(連斬神功)'.

텁텁하고 지루한 전개는 과감히 생략하고 빠르고 강력

한 전개를 펼치는 '사이다패스'.

훈훈한 분위기에 방심한 뒤통수를 철퇴로 후려 갈기는 '벽난로 위의 모닝스타' 등등.

하나같이 말초신경만을 자극하여 독자들을 중독시키려 하니, 가히 사이한 마공(魔功)이라 하지 않을 수가 없는 작법들이다.

대개 이런 것들은 해외 소설, 혹은 근연관계라 할 수 있는 만화 등에서 따온 것이 대부분이었지만, 그게 전부는 아니었다. 고래로부터 전해 내려온 작법을 발전시킨 마공도 있었으니…….

바로 찰스 디킨스가 창안하고, 토마스 하디가 정립한 절세의 흑마법, 클리프행어(Cliff Hanger).

그것을 발전시킨 '절단마공(切斷魔功)'이라 불리는 마공이다.

이는 손에 땀을 쥐게 하는 클라이맥스 부분에서 절묘하게 끊어 내어, 한 번 잘못 빠져든 독자들이라면 거침없이 100원을 지불하도록 유혹하는 마공으로써, 피해자들은 현기증을 호소하며 미친 듯이 다음 화를 갈애(渴愛)할 수밖에 없게 만들었다.

그렇기에 돈 잘 버는 고수 작가가 되려면 반드시 대성해야 하는 절세의 마공이기도 했다.

그래서 한슬로 진, 웹소설 작가였을 적 진한솔은 이 희대의 마공을 숨 쉬듯 자연스럽게 구사할 수 있었으며, 그 내공도 심후했다.

만약 20년 전 주화입마로 사망했던 흑마법사, 찰스 디킨스가 다시 살아 돌아와 견식을 하더라도 후학의 그 깊은 내력에 찬탄을 보냈으리라.

그러나.

마공이 오롯이 찬탄케 할 수 있는 자들은 오직 같은 마공을 익힌 마인들뿐.

마공이 마공이라 불리는 이유는 여럿 있지만, 절단마공이 그 태생부터 흑마법이었던 이유는 간단하다.

그것은 사람의 마음속 깊은 죄를 불러오는 사이한 마법이기 때문이다!

그리고 분노는, 기독교가 오래전부터 대죄로 지정한 일곱 감정 중 하나였다.

즉, 무슨 말을 하는 것이냐면.

"야, 이 개 같은 것들아!!"

"이게 지금 뭐 하자는 시추에이션이야!!"

"이 더러운 마귀의 자식들아!!"

쨍그랑!!

창문세를 피하기 위해 최대한 좁게 만들었던 유리창이 허무하게 깨져 나갔다. 그리고 주먹만 한 짱돌을 따라, 실내로 불타오르는 연기가 확 들어왔다.

저런 뛰어난 투숫감이 대체 크리켓은 안 하고 왜 여기서 이러고 있는 걸까.

그런 의문을 풀기도 전에, 벤틀리 출판사의 편집자들은 열심히 바닥에 붙은 불을 끄고는 문을 막았다.

"어, 어쩌죠?!"

"일단 원고! 원고부터 지켜!!"

"오늘 인쇄소에서 사람 오기로 했는데!!"

"막아!! 무조건 여기서 끝내! 인쇄소로는 절대 가게 해선 안 돼!!"

그들은 생각했다. 도대체 여기는 어디인가. 런던의 채링크로스 로드인가, 아니면 크림 반도의 전쟁터 한복판인가.

아니, 차라리 전쟁터가 나을 것이다. 군인들은 적어도 적에 맞서 믿음직한 마티니-헨리(Martini-Henry, 19세기 말 사용된 영국 제식 소총)를 들 수 있지만, 편집자들이 독자들에 맞서 무엇을 들겠는가? 만년필?

말릴 방법도 없으니 사태는 걷잡을 수도 없이 혼란에 빠져든다. 그야말로 지옥 불 그 자체.

그 사이에서 벤틀리 출판사의 부사장이자, 한슬로 진의 전담 편집자. 그리고 실질적으로 3대 사장이나 다름없는 리처드 벤틀리 주니어가 당당하게 외쳤다.

"다들 힘내게! 무슨 일이 있어도 원고를 지켜야 해!"

"부사장님, 저희가 중합니까? 원고가 중합니까?!"
"그야, 당연히 원고지!!"
그 순간 벤틀리는 기이하게 생각했다.
분명히 건물은 타고 있는데, 왜 갑자기 이렇게 싸늘한 걸까.

* * *

한때는 처참하게 망할 뻔했지만, '리처드 벤틀리와 아들' 출판사는 현재 런던에서 제일 오래된 출판사 중 하나다.
찰스 디킨스, 토마스 무어, 제인 오스틴, 윌리엄 윌키 콜린스…… 그리고 이젠 한슬로 진까지.
수도 없이 많은 인기 작가들이 그들의 잡지에서 소설을 연재했고, 연재하고 있다.
그 역사는 고스란히 3대 벤틀리, 아직은 부사장이지만 사실상 사장이나 다름없는 편집장 리처드 벤틀리 주니어에게 녹아들었다.
"자! 다들 진정들 하게."
그런 벤틀리가 손뼉을 치며 말하자, 직원들은 떨떠름하면서도 그의 말에 따랐다.
이것이 돈 주는 고용주의 권능이다.

물론 목숨이 진짜로 위험하다면, 그 고용주의 권능조차도 생존 본능에 무시당하겠지만.

그것을 직감한 벤틀리는 짐짓 웃음을 띠며 태연스럽게 말했다.

"다들 걱정 말게. 어차피 중요한 원고는 전부 창고나 인쇄소로 옮겨 놨고, 이미 스코틀랜드 야드도 불러 놨잖은가?"

한슬로 작가님 말씀대로 말이지.

그는 속으로 생각했다. 그가 지금 떠올리고 있는 것은 이번 달 〈템플 바〉 원고가 들어온, 몇 달 전의 일이었다.

―벤틀리 씨, 3권을 출판하기 전에 한 가지 실험을 해 보고 싶은데요.
―예? 실험이요? 어떤 실험입니까?
―뭐, 별건 아니구요…… 제가 얼마나 인기 있는지, 정도?

그의 입장에 있어선 그런 게 의미가 있나? 싶은 주제였으나, 무척이나 의미심장한 말이었다. 뒤이은 '원고를 미리 빼 두라'는 암시는 더더욱 의미심장했고.

그래서 벤틀리는 그때 더 자세히 들어 두지 않은 과거의 자신을 원망해야 했다.

'설마하니 진짜로…… 폭동을 일으킬 줄은 몰랐지.'

아무리 그래도 어디 못 배워 먹은 야만인들이나 덜 교화된 하급 노동자들도 아니고, 세계 제일의 도시인 런던의 시민들이 그런 야만적인 짓을 할까. 벤틀리는 도저히 이해할 수가 없었다.

그럼에도 그에게는 한슬로 진에 대한 무한한 신뢰가 있었고, 그래서 〈템플 바〉를 비롯한 원고를 빼돌려 두라는 그의 말을 따랐다.

—만약 진짜로 폭동이 일어난다면…… 대단한 모험 하나를 실행해 봐도 되지 않을까 합니다.

대단한 모험.

벤틀리는 침을 꿀꺽 삼켰다. 이렇게 된 이상 어쩔 수 없다. 리처드 벤틀리 주니어는 한슬로 진의 열렬한 사도가 되기로 결심하며 말했다.

"다들, 몸만 챙기게. 몸이 재산이야. 혹시라도 병원비 들 일이 생기면 내 사재를 털어서라도 치료비를 대 주지."

"저희야 물론 사장님을 믿습니다만……."

편집자들이 서로서로 시선을 교환했다. 정말일까? 라는 의심과 더불어, 어느 정도 분위기가 가라앉는 것을 본 벤틀리는 고개를 끄덕인 뒤 손뼉을 쳤다.

"그래그래. 그러니까 다들 창문에서 멀찍이 떨어져서, 당장 안 다치는 것만 생각하게. 괜찮아! 곧 스코틀랜드 야드가 오면 저들도 이렇게 과격한 행동을 계속할 순 없을 게야."

"그, 그렇겠지요?"

"그래, 우리가 내는 세금이 얼만데!"

쨍그랑—!

"괜, 찮을 걸세! 분명!!"

다시 한번 창이 깨지는 소리에 모두가 움찔했으나, 리처드 벤틀리 주니어는 뻔뻔하게 말했다.

사실 통금 시간에 저런 소요 사태를 일으키는 무리다. 명색이 치안 조직인 경찰이 저 소리를 듣고도 출동을 안 하면 그쪽이 직무 유기다.

제아무리 스코틀랜드 야드가 과도한 업무량 탓에 나가떨어지는 자들이 산더미 같다곤 해도.

이런 특수한 일은 구획 담당자들, 그리고 추가적인 지원이 있을 수밖에 없다.

아무튼 경찰이 상황을 정리하러 올 것은 확실하다.

그리고 벤틀리는 지금, 그것을 마치 자신이 야드에 요청해서 이뤄 낸 일처럼 꾸며 내고 있었다.

말장난에 불과하고, 뻔뻔한 거짓말이지만, 어쨌든 효

과적이었다. 직원들이 여유를 되찾고 있었으니까.

그리고 벤틀리는 그 여유를 허투루 쓰지 않았다.

"그럼, 스코틀랜드 야드가 올 때까지 기다리면서, 내기 나 하나 할까?"

"내기요?"

"그래, 이 사건을 딛고 일어선 우리의 다음 달 실적을 맞춰 보는 거지. 난 전달의 2배 이상에 걸겠네."

"2배라고요?"

"그래, 이보다 더 적든 많든. 아니면 아예 판매 부수가 내려가든. 어느 쪽에 베팅해도 좋아. 만약 내가 지면 배당에 추가로 유급휴가까지 내주지."

휴가.

그것도 유급으로.

고금동서, 그 말에 혹하지 않으면 회사원이 아니다. 일은 덜 하고 돈은 더 받고 싶은 건 인류의 본성이니까.

리처드 벤틀리 주니어는 부하 직원들의 눈에 공포 대신 탐욕이 돌아오는 것을 보고 미소를 지었다. 역시 돈이면 해결 안 되는 게 없다.

"자! 어쩌겠나?"

"저, 저는 1.5배에 걸겠습니다."

"호, 1.5배라. 안정적이군. 좋아! 다른 사람은 없나? 아, 너무 세분되면 안 되니까, 10% 단위로만 나누겠네!"

"전 부사장님 따라가겠습니다! 200%요!"

"이런, 명색이 부사장이 돼서 직원 돈을 뺏을 수는 없지. 그러면 좋아, 내가 이겼을 땐 자네에게 내 배당까지 전부 몰아 주겠어!"

"감사합니다!"

"자! 또 없나? 과감하게, 더 크게! 3배에 걸 야수의 심장은 없는가?"

"부사장님, 그건 너무 많은데요!"

"제가 한번 걸어 보겠습니다! 어차피 인생, 한 방 아임니꺼!"

"좋아, 아주 용기 차군!! 저 친구에게 배당표 하나 내줘!!"

"예, 부사장님!"

리처드 벤틀리 주니어는 히죽 웃으며 살짝 뒤로 빠졌다. 이제 돌을 굴려 뒀으니, 대화의 스노우볼이 점차 구르기 시작할 것이다.

아직 상황은 끝나지 않았다. 폭도들은 해산하지 않았고, 해결된 것은 아무것도 없다.

하지만 그게 뭐 어쨌단 말인가. 어차피 저 폭동은 일종의 화전(火田) 같은 것이다. 잠깐 뜨겁다고 먼저 끄려 들면 오히려 불을 붙인 한슬로 진과 벤틀리 출판사만 손해다.

그리고 불이 꼭 나쁜 것만은 아니었다.

불태워 남은 재는 밭에 남아, 다음 작물을 위한 양분이 될 테니까.

그러니 그 재를 어떻게 쓰느냐에 따라, 출판사 경영인으로서 벤틀리의 능력을 심사하게 될 것이다. 그렇게 생각한 순간, 리처드 벤틀리 주니어는 사무실 문을 두드리는 소리를 들었다.

"예, 어디서 오셨습니까?"

"부, 부사장님!"

"위험합니다!"

"괜찮네, 괜찮아."

벤틀리는 손을 들어 만류하는 편집자들을 안심시켰다.

예상대로, 문을 두드린 사람들은 스코틀랜드 야드였다. 그 사이에서 야밤에 출동하여 몹시 피곤하다는 얼굴의 중년 형사가 경찰 수첩을 보이며 말했다.

"런던 경시청에서 나왔습니다. 출판사 사장 조지 벤틀리 씨, 계십니까?"

"아버지는 명목상 사장이시고, 지금은 버크셔(Barkshire, 런던 서부의 근교 지역)에 내려가 계시오. 경영은 부사장인 내가 대리로 하고 있으니, 물어볼 것이 있다면 내게 말해 주시오."

"알겠습니다, 그러면 벤틀리 씨. 요청 사항이 있으십니까?"

클리프행어 〈177〉

"요청이라······."

벤틀리는 잠시 창밖을 보았다. 확실히 경찰들이 도착해서 그런지, 꽤 조용해졌다.

그리고 다시 형사들을 보았다. 수도 충분하고, 품에 리볼버 한 정씩은 숨기고 있는 것이 대놓고 보였다. 능히 한 사람 정도는 보호할 수 있겠지.

결론을 내린 벤틀리는 고개를 끄덕이며 말했다.

"경호 좀 서 주시오. 저 사람들에게 할 말이 있소."

"사장님?!"

형사는 물론, 출판사 직원들까지 놀란 눈으로 벤틀리를 보았다.

괜찮다는 뜻으로 한번 웃어 보인 벤틀리는 거침없이 건물 밖으로 나왔다.

타닥, 타닥-.

"건물에서 멀리 떨어지시오!!"

"아, 좀 나와 봐!!"

"우리도 말 좀 하자!!"

"조용히 해! 그 선 넘으면 발포하겠다!!"

벤틀리의 예상대로, 이미 경찰이 출동한 것으로 소요 자체는 어느 정도 줄어들어 있었다.

그럴 수밖에 없었다. 그들도 일을 하고 돈을 벌어야 잡지를 살 수 있는 이들이다. 만약 잡혀갔다가 직장에서 잘

리기라도 한다면 다음 권을 살 수 없을 테니까.

심지어 저들이 지금 저러는 것은 약탈이나 폭행이 목적이 아니다.

저들이 화난 점은 단 하나.

끊는 타이밍도 타이밍이지만, 저렇게 해 놓고 다음 화가 '언제 나올지 모른다는 점'이었다.

보통 소설들은 정기적으로 나온다는 게 쉬운 일이 아니었으니까. 가끔 가다간 월간이 아니라 3~4개월. 길면 몇 년씩도 더 걸리는데 당연하다면 당연했다.

그러니, 저들을 달랠 방법도 간단했다.

'계획대로 하는 거다, 계획대로.'

벤틀리는 근엄한 표정으로 미리 준비해 둔 원고를 들고는 소리쳤다.

"여러분, 여러분이 원하시는 〈템플 바〉 원고가 여기에 있습니다!!"

밤이다. 그리고 광원은 폭도들이 들고 있는 횃불밖에 없는 상태.

거의 의미 없는 잡설이 적혀 있는 종이 쪼가리에 불과했지만, 그것만으로 과격한 팬보이들이 눈이 돌아가기엔 충분했다.

"저, 저거!"

"그만!"

"그 이상 오면 진짜로 발포하겠다!!"

폭도들의 탐욕과 경찰들의 원망. 그 중심에서 벤틀리는 당당히 외쳤다.

"한슬로 진 작가님과의 계약 때문에 이것을 여러분께 공개할 수는 없습니다! 하지만 저희 〈벤틀리와 아들〉 출판사는 여러분의 성원을 듣고, 저희의 시스템이 런던 시민분들을 만족시켜드리기엔 한없이 부족하다는 사실을 실감했습니다!"

"뭔 개소리야!"

"닥치고 그 원고나 내놔!!"

"그러니 여러분, 저희 〈템플 바〉는······."

벤틀리는 잠시 숨을 들이마셨다. 그리고.

선언했다.

"그래서, 저희는 이번부터 자매지이자 주간지로서 〈위클리 템플(Weekly Temple)〉을 발간하기로 했습니다! 앞으로 여러분은 〈피터 페리〉를 한 달에 한 번이 아닌, 한 주에 한 번 만나실 수 있을 겁니다!"

"······1주에 1번?"

"잠깐, 그······ 러면, 다음 화가 다음 주에 나온단 소린가?"

팬들의 머리가 일시 정지했다. 주간연재가 드문 시대는 아니지만 월간연재가 대세인 이때.

월간으로 보던 작품을 주간으로 본다면……!

"와아아아!"

"벤틀리, 그는 신이야!"

"한슬로 진 작가님 만세!!"

경찰들은 어이가 없었다. 장례식인 줄 알았던 소요가 순식간에 축제가 되다니. 그 와중에 경시청 형사는 또 왜 저기 껴 있는 걸까.

그런 의문 사이로, 벤틀리는 위풍당당하게 회사로 돌아왔으며, 무수히 많은 직원들의 존경과 경애를 담은 악수 요청을 받았다.

그리고, 다음 달.

〈벤틀리와 아들 출판사, 주간 잡지 〈위클리 템플(Weekly temple)〉 발표.〉

〈최고의 아동 소설 〈피터 페리〉 시리즈, 앞으로는 1주에 1번!〉

〈리처드 벤틀리 주니어, '독자분들에게 더 빠른 재미를!'〉

벤틀리 출판사는 350% 매출 초과 달성에 성공했다.

* * *

"흠, 그렇게 되었다고요."

―예. 작가님.

"좋아요. 잘해 줬습니다."

―아이고, 저야 작가님이 시키신 대로한 것밖에 없습죠, 헤헤!

거 너무 간신배 같으신데. 나는 피식피식 웃으면서도 고개를 끄덕였다.

그래, 이번 주간연재 전환은 사실 내가 벤틀리 씨에게 제안한 것이었다.

슬슬 3권도 출간할 때가 되겠다, 좀 더 눈길을 끌려면 확실한 변화가 필요하다고 여겼다.

가장 큰 문제는, 역시 월간연재가 너무 느리다는 점이지.

주간연재로 옮기면 연재 속도는 4배로 빨라진다. 그리고 자극적인 맛에 정신을 못 차리고 여기로 끌려드는 독자층도 많아질 거고.

연참 문화가 없어서 독자들을 끌어들이기 힘들다고? 그러면 나 혼자 연참을 하면 되는 거다. 남들은 1달 1화 낼 때 난 1달 4화를 쓸 수 있으니까.

물론 수요가 없었다면 나도 이런 무리한 전환을 하지 않았겠지만…… 그 수요가 있다는 걸 런던 시민들이 보여 주지 않았는가?

이건 그저 수요와 공급에 따른 자연스러운 시장 형성일

뿐이다.

"거, 참. 악랄하구만."

"이게 다 먹고 살자고 하는 짓이죠, 뭐."

나는 수화기를 살짝 내려놓으면서 밀러 씨에게 말했다.

이 전화기는 런던에서 내려온 뒤 얼마 안 돼서 밀러 씨가 설치한 물건이었다.

안 그래도 바빠진 벤틀리가 일 터질 때마다 런던에서 여기까지 내려올 수도 없으니, 겸사겸사 엑시터(데번 주의 주도)에도 전화선 설치 사업을 시작했다.

금수저인 밀러 씨의 재력이 없었다면 불가능했을 것이다.

어디 축구 구단주 같은 일을 거침없이 하신단 말이지.

"좀 바빠지긴 하겠지만, 주간연재로 돌리면 판매금은 더 많이 들어올 겁니다. 월간 쪽의 판매량이 줄어들긴 하겠지만."

"뭐, 그쪽은 벤틀리 씨가 알아서 할 일 아닌가."

"그건 그렇죠."

"그런데…… 난 좀 다른 쪽이 걱정되는군."

"예?"

다른 쪽이라니, 그게 무슨 뜻인가. 어리둥절하는 나에게 밀러 씨가 말했다.

"자네 책이 팔리고 있는 거, 영국만이 아니잖나."

"뭐…… 그렇죠?"

벤틀리의 〈템플 바〉 잡지는 영국에만 팔리고 있지 않다.

다른 나라에도 팔리고 있었다. 뭐, 그래 봤자 하나긴 하지만.

바다 건너, 미국.

정기적으로 계약한 미국 출판사가 한 번에 사들여서 팔고 있었다.

영미권에선 흔한 일이었다.

같은 나라였고, 같은 언어를 쓰니 당연한 일이다. 다른 나라 다른 시장이라기보다는, 같은 나라의 다른 플랫폼에서 파는 것 같은 기분이 든다고나 할까?

"그래, 그러면 영국인들이 폭동을 일으켰던 것처럼."

그리고 뉴욕 출신의 미국인, 밀러 씨가 섬뜩한 예언을 했다.

"미국인들도 비슷한 거 아닌가?"

"어……."

그러네?

* * *

뉴욕, 어퍼 뉴욕 만(Upper New York bey)의 항구.

뉴욕 시민, 넬슨 웨인은 평소에는 잘 오지 않았던 이곳에 들렀다. 그러고는 부두 어느 한편에 우두커니 서서, 손으로는 지팡이를 쥐었다 폈다 하면서 동쪽 바다 너머를 힐끔거렸다.

그건 여차하면 뛰어들기라도 할 기세였고, 행했다간 얄짤없이 자살이다.

하지만 항구를 통제하고 있는 해경이나 항만 노동자들 누구 하나 그런 그를 말릴 생각을 하지 않았다.

물론 그들이 딱히 넬슨이 죽기를 바라는 것도, 뛰어드는 모험 또한 넬슨의 자유라며 존중하는 것도 아니다.

그저 그날 항구에는 그런 '넬슨'들이 너무 많았을 뿐이었다.

넬슨 웨인은 주변을 둘러보았다. 그의 동지들이 비슷한 모양새로 삼삼오오 모여들고 있었다.

그는 그들 중 적지 않은 수가 서로를 성으로 부른다는 것을 알고 있었다.

사이가 그 정도로 가깝지 못해서가 아니라, 적지 않은 수의 이름이 넬슨(Nelson), 혹은 넬(Nell)이다 보니 이름만으로는 분간이 안 갈 뿐이다.

웨인은 피식 웃었다.

이름은 개성의 일종이고, 개성은 개인을 고유하게 만드는 특성이다. 따라서, 겹치는 것을 매우 싫어한다.

그건 넬슨 웨인 역시 마찬가지였다. 넬슨이란, 이상하게도 흔한 이름이 너무나도 싫었다.

하지만 나이가 들고, 교양이라는 걸 쌓으면서…… 그는 그에게 넬슨이란 이름을 붙여 준 아버지를 이해하게 되었다. 이해할 수밖에 없었다.

자신만 해도, 얼마 전에 갓 태어난 딸에게 '이루릴'이라는 성경에도 없는 독특하면서도, 이젠 흔해진 이름을 붙여 주었으니까.

그리고 아버지가 그랬던 것처럼, 이 부둣가에 서서 영국에서 오는 여객선을 기다리고 있…… 잠깐!

"온다!! 온다!!"

누군가가 소리쳤다. 넬슨 웨인은 순간 목이 부러질 듯이 고개를 돌렸다.

진짜였다.

동쪽 수평선, 익숙한 여객선이 서서히 모습을 드러냈다.

침착하자.

넬슨 웨인은 스스로를 다독였다. 그는 뉴욕 시민 사회의 존중받는 의사로서, 침착하게 품위를 지켜야 한……다.

그러나, 그 인내심은 여객선이 점점 다가오며 핏발 서는 눈과 함께 점점 사라졌다.

그냥 달려들까? 그렇게 생각하던 순간이었다.

"아잇!! 못 참겠다!!"

"이, 이봐!! 넬슨!"

"여기 넬슨이 한둘이냐! 비켜!!"

눈에 불을 켠 넬슨 하나가 부두로 달려들었다. 그러고는 서서히 접안(接岸)하는 여객선을 향해 소리쳤다.

"거기! 〈템플 바〉는 실어 왔소!?"

넬슨들의 눈에 불을 켰다. 저 비겁한 넬슨! 감히 다른 넬슨들을 제치고 먼저 책을 읽으려 들다니!

"저, 저 자식이 비겁하게!!"

"용서할 수 없다!!"

"비켜!! 나도, 나도 구해야 해!!"

"에라, 모르겠다!!"

결국 둑이 터졌다. 여객선으로 달려든 넬슨들은 하선하는 승객들을 향해 일제히 외쳤다.

"피터는 죽었나요(Is Peter dead)?!"

* * *

"이걸 보게, 새뮤얼. 미국의 이성(理性)이 땅에 떨어졌군."

같은 뉴욕 맨해튼, 사우스 5번가의 실험실.

실험실의 주인, 니콜라 테슬라는 불쾌하다는 표정으로 콧수염이 인상적인 자신의 절친, 새뮤얼에게 신문 기사를 내밀었다.

그리고 소파에 눕듯이 앉아 있던 새뮤얼은 흥미롭다는 눈으로 그 신문을 보았다.

뉴욕항에 모인 수많은 넬슨들, 그리고 이들이 열광하는 영국 소설 〈피터 페리〉 시리즈.

이 모든 유행이, 테슬라에게는 지나친 광신 그 자체로 보였다.

"말세일세, 말세야. 세상에 요정이라니? 이토록 비과학적이고 비이성적인 소재로 쓰인 소설이, 이렇게까지 유행을 탈 수가 있나?"

"애들 책이잖나. 소재는 뭐든 상관없지. 그렇게 치면 나도 비과학적인 대체역사 소설을 썼네만?"

"아, 그건 우화(偶話)잖나, 우화! 그런 건 뭐든 상관없지. 동물이 말을 하든 신이 나무꾼을 속이든!"

"뭐, 그건 그렇지."

새뮤얼은 피식피식 웃으면서 그런 친구를 보았다.

새뮤얼 자신 역시 어지간한 이들에게 쌈닭, 분노조절장애 취급받긴 하지만, 눈앞의 열정적인 천재 과학자에 비하면 사회생활은 잘하는 편이라고 자부했다.

물론, 그런 둘 모두를 아는 다른 지인들이 어떤 평가를 하는지는…… 양쪽 모두 영원히 알 수 없을 일이었다.

"아무튼 정말이지 나라 망신일세. 하물며 이건 영국 소설 아닌가. 이 나라는 독립을 했다고 자신만만하게 이야기하지만, 솔직히 내가 보기엔 전혀 아니야."

"뭐, 그건 그렇지."

작가와 과학자.

입장은 다르지만, 둘 모두 문화의 힘을 높이 평가하는 이들이었다.

우선은 국체(國體)로서, 그다음은 경제적으로. 그리고 종국에는 문화적으로 독립적인 색채를 가져야만 진정 영국에서 독립하여 미합중국이 정정당당한 독립국이라고 주장할 수 있다.

하지만 지금은 영 아니다.

영국조차 유럽에 비하면 3류 문화라 할 수 있는데, 그 3류 문화조차 떨쳐 내지 못하고 독립하지 못하는 미국 문화라니…….

아직도 많은 미국인이 세상에서 영국의 여왕보다 높은 사람이 없다고 생각하는 것을 보면 말을 다 하지 않았는가?

테슬라는 투덜거리며 말했다.

"이럴 거면 내가 뭐 하러 여기까지 이민을 왔는지 모르겠군."

"그것참, 그런 말은 토박이인 내가 해야 하지 않은가?"

"자네야 어쩔 수 없이 미국인이 된 거 아닌가. 난 이 나라를 내가 직접 선택했다네."

"뭐, 그렇긴 하지."

새뮤얼 자신이나 테슬라나 미합중국이 내건 자유주의, 그리고 민주주의에 매료된 것은 마찬가지다. 그게 선천적이든, 후천적이든.

하지만 현실적으로 자유주의는 부자들만의 자유였으며, 민주주의는 WASP(White Anglo-Saxon Protestants)만의 민주였다.

결국, 미합'중국'은 아직 알을 깨다 만 병아리에 불과한 것이다. 이 점은 미국인인 새뮤얼이 더욱 심하게 느꼈다.

'모두가 아담의 자손이라고 주장하면서 노예에게도, 원주민들에도, 여자에게도 참정권을 줄 수 없다고? 뭐 이런 미친 새끼들이 다 있어?'

물론, 이건 주변에서 '과격하다고' 평가하는 새뮤얼 개인적인 의견이긴 했다.

니콜라 테슬라 역시도 열린 생각을 가진 이긴 했지만, 친구의 이런 의견만큼은 동의하지 못했으니까.

대신 적어도 미국인들에게 '계몽'이 필요하다는 점만큼은 동의했다.

미국인들은 그들이 생각했던 것보다 훨씬 무식하고, 거

기에 앞장서는 자들이 바로 YMCA와 같은 기독교 근본주의 수구 꼴통들이었다.

그렇기에 새뮤얼은 담담하게 말했다.

"그래도 안심하시게. 내가 보기에 이 작가는 이런 요정 같은 걸 진심으로 믿고 그러는 몰상식한 작자는 아닐세."

"뭘 믿고 그런 말을 하는가."

"〈피터 페리〉만 봐도 알 수 있는 사실 아닌가."

새뮤얼은 씨익 웃으며 말했다.

뭘 모르는 작자들은 이 책이 제국주의와 기독교를 긍정하며, 아이들에게 보여 주기도 좋은 소설이라며 가르친다.

심지어 그 구닥다리 기독교 단체, YMCA의 광신도 목사 앤서니 콤스톡(Anthony Comstock)조차 이를 거부할 수 없었다.

그가 쭈뼛거리며 '이 책은 분명히 사탄의 창조물인 대중문화이지만, 그럼에도 신실한 기독교 신앙을 담고 있는 부분이 분명히 있다'라면서 긍정할 때는 어찌나 웃겼던지……

그의 굴욕적인 사진이 실린 신문 기사를 읽으며 두 사람이 배꼽을 잡고 웃었던 때가 아직도 선명했다.

하지만 한슬로 진이 정말 그런, 제국주의자들과 종교주의자들이 신봉하는 것과 같은 구태(舊態)한 작가일까?

절대 아니다.

같은 작가로서, 특히 아동 소설의 작가로서 새뮤얼은 분명히 알 수 있었다.

"단언하지. 한슬로 진은 나와 동류일세."

"대체 어디가 말인가."

"서로 다른 문화를 가진 네 요정과 전혀 다른 문명에서 살다 온 피터가 서로의 문화를 긍정하고 서로를 받아들이지. 그리고 여동생인 포셔 페리 역시 오빠 못잖은 활약을 하는 아이고."

새뮤얼은 담담하게 말했다.

이는 곧 인류 계몽의 3대 기치 중 하나, 평등을 적극적으로 주장하기 위함이라고 말이다.

"틀림없어. 작가 한슬로 진은 틀림없이 노예 폐지론자이고, 차별에 반대하는 자이며, 이성의 힘을 긍정하고 세상을 진보시키려는 자일세."

"글쎄, 그게 긍정적인지는 모르겠네만."

테슬라는 떨떠름하게 말했다. 새뮤얼도 그 부분을 깊게 파고들 생각은 없었다.

테슬라는 계몽주의에 심취한 천재 과학자이긴 했지만, 동시에 우생학자기도 했으니까.

그런 그가 보기에 요정을 인간처럼, 그리고 인간인 주인공조차 그 요정들에게 물들어 가는 〈피터 페리〉는 인간의 지성에 대한 모독 그 자체로 보였겠지.

하지만 새뮤얼은 괜히 그 부분을 물어뜯다가 우정이 상하는 일은 원하지 않는다. 대신, 능숙하게 대화의 방향을 우회시켜 물었다.

"자네도 인정하지 않았나? 〈피터 페리〉의 내용 중, 과학으로서 어느 정도 설명할 수 있는 부분이 있다고 말이야."

"……그런 말은 하지 않았네. 다만 요정들의 물건이라고 나오는 것 중에 재현이 가능한 물건들은 분명히 있다고 했지."

테슬라는 찜찜하다는 듯 미묘한 얼굴로 말했다.

예를 들어 님프들이 물속에서 소리가 아닌, 파동으로 대화한다는 장면에서 깊은 인상을 받을 수밖에 없었다.

이는 그가 구상하고 있던, 전파를 이용한 탐지 및 거리 측정 장치와 너무나도 흡사했기 때문이다.

그뿐인가? 비과학적인 마법을 사용하는 것이긴 했지만, 공명 주파수를 이용해 땅을 흔들거나, 온도를 급격히 낮추고 올리는 방식으로 견고한 적의 무기를 부수는 등.

그 원천인 에너지는 비과학적이지만 그것으로 얻는 효과는 충분히 과학적이었으며.

땅속에서 살기 때문에 날개가 없는 아룡(亞龍) 드레이크와 깎아지르는 듯한 절벽 위에서 살기 때문에 큰 날개를 가지게 된 비룡(飛龍) 와이번의 차이를 설명하면서 진화론을 자연스럽게 끼워 넣기도 했다.

심지어 드워프들의 수도에서 묘사된 거대한 수도 시설과, 교류를 통해 보급되는 전기 장치들에 이르러서는…… 솔직히 말해 전율했다.

그가 그리는 이상적인 무선 전력 송신 기술이 상용화된 도시의 모습이 그대로 서술되어 있었기 때문이다.

결국 니콜라 테슬라 역시, 한슬로 진이 여러모로…… 과학적 지식이 대단히 풍부하며, 그것을 알기 쉽게 잘 설명하는 사람이라는 인상을 느낄 수밖에 없었다.

그래서 매번 아닌 척하면서 〈템플 바〉를 구독하고, 애독하는 것이었지만.

"아니, 하지만 모르겠네."

그럼에도 그는 고개를 저을 수밖에 없었다.

새뮤얼은 싱글거리면서 그를 보았다.

친구의 부정이 진짜로 인정할 수가 없어서가 아니라, 천재들이 흔히 보이는 자기 분야 외 부분에 대한 유아적인 고집임을 눈치챘기 때문이다.

"직접 만나 본 것도 아닌데 어떻게 확신하겠나."

"그럼, 만나 보면 되지."

"무슨 말인가, 자네."

니콜라 테슬라는 친구, 새뮤얼이 히죽 웃는 것을 보았

다. 그는 품에서 무언가를 꺼내더니 당당하게 말했다.

"벤틀리 출판사에서 내게 영국에서의 출판 제의를 했더군. 〈톰 소여의 모험〉을 자기네 〈위클리 템플〉지에 싣고 싶다고. 내가 직접 영국에 가서 계약할 생각일세."

"정체를 드러내지 않는, 얼굴 없는 작가 한슬로 진도 만나 보고 말이지?"

"바로 정답이야."

"비겁하군, 마크. 아주 비겁해!"

"자네 입에서 들으니 그 이상의 칭찬이 없군."

새뮤얼, 즉, 새뮤얼 랭혼 클레멘스(Samuel Langhorne Clemens).

필명 마크 트웨인(Mark Twain)은 최고의 미소를 지으며 말했다.

* * *

〈피터 페리로 재현된 리틀 넬(Little Nell)…… 뉴욕을 들썩이다.〉

〈심층 탐구! 〈오래된 골동품 상점〉과 〈피터 페리〉의 연관성!〉

〈벤틀리 출판사, 정식으로 3대 사장 리처드 벤틀리 주니어 취임…….〉

구주 천지…… 아니, 영미 천지가 참으로 기괴망측하다.

나는 벤틀리가 정식으로 사장이 되었다며 자랑하기 위해 가져온 신문들을 내려놓으며 말했다.

"예상은 했지만…… 굉장하군요."

"하하. 예상보다 덜 팔리는 것보단 훨씬 낫지 않습니까?"

"그건 그렇지만요."

벤틀리가 너스레를 떨었고, 나는 어쩔 수 없이 그것을 받아 줬다.

부담스럽긴 한데 이게 다 먹고 살자고 하는 짓 아닌가. 그러니 돈이 잘 벌리는 건 다른 무엇보다도 중요한 요소다.

"덕분에 미국 쪽 매출도 3배…… 아니, 4배로 늘었습니다. 이걸로 주간지로 빠져나갈 매출은 당분간 이걸로 채울 수 있을 것 같습니다."

"그것도 잠시뿐이잖아요? 대책은 있습니까?"

"물론입니다. 작가님만큼은 아니지만 그럭저럭 재능 있는 작가를 확보했으니까요. 기대하셔도 좋을 겁니다."

"호오. 이름 좀 들을 수 있을까요?"

"어려울 것 없지요."

그리고 나는 벤틀리의 입에서 브램 스토커(Abraham Stoker)의 이름이 나오는 것을 듣고는 크게 놀랄 수밖에 없었다.

〈드라큘라〉의 저자가 내 후배? 와, 이건 못 참지.

"원래는 연극 평론가를 하던 분인데, 좀 더 소재를 연구해 보려고 하다가 이번에 작가님 글을 읽고 감명을 받아 원고를 투고하게 됐다고 하시더군요. 작가님과는 전혀 다른 스타일의 글이지만, 독자를 심리적으로 압박하는 위엄이 돋보이는 문체였습니다."

"좋네요. 저도 그런 글 좋아합니다. 혹시 다른 분들은요?"

"기성 작가님들 중에서도 토마스 하디(Thomas Hardy), 헨리 제임스(Henry James) 작가님이 월간지에서 연재해 주시기로 했지요."

"그건…… 굉장한데요?"

나는 진심으로 감탄하며 말했다.

토마스 하디는 빅토리아 시대 사실주의를 대표하는 작가다.

대표작은 〈더버빌 가의 테스〉. 한국에선 〈테스〉로 더 유명한 데, 장르는 어…… 치정 멜로 복수극?

막장 드라마라면 막장 드라만데, 그걸 또 겁나 기깔 나게 잘 썼다.

헨리 제임스. 본명 헨리 제임스 주니어는 고딕 호러 장르의 선구자 중 하나다.

브람 스토커가 메리 셸리 같은 크리쳐 호러의 후계자라

면, 헨리 제임스는 나중에 러브크래프트로 이어지는 심리나 감정 위주의 묘사에 집중하는 작가랄까?

〈나사의 회전〉 같은 작품에서 나오는 것만 해도 '귀신 들린 폐가' 클리셰의 원형이 됐을 정도니 말 다 했지.

양쪽 다 현대 한국에선 아는 사람만 아는 수준의 작가라지만…… 반대로 말하자면 아는 사람들, 그리고 지금 영국에서는 대문호로서 극찬을 받고 있는 사람이란 소리다.

그러니 어찌 물욕이 생기지 않을 수가 있을까.

"혹시 그 작가님들 저작들도 초판본 나오면 하나씩 받을 수 있을까요?"

"물론입니다. 저희 출판사에서 나오는 건 전부 가져다드리겠습니다."

아주 좋구만.

나는 만족스럽게 고개를 끄덕였다. 초판본을 구해 두면 언젠가 가격이 크게 오르겠지.

내 책장에 컬렉션이 하나씩 채워지는 것을 보면 참으로 만족스럽다.

그래, 이 정도 부수입은 있어야 과거에서 글 쓰는 맛이 있는 것 아니겠는가.

"주간지 쪽은 어때요? 제 글만 실으면 잡지라고 할 수가 없을 것 같은데."

"당분간은 미국 같은 해외 소설을 함께 실을 생각입니다. 아니면 예전부터 저희 출판사가 확보해 두긴 했지만, 흥행하지 못했던 소설을 끼워 팔아도 되겠죠."

"흐음."

확실히 그러면 잡지로서 구색은 맞출 수 있다. 과대포장 같지만, 그거야 어쩔 수 없지.

원래 〈소년 점보〉도 원나블 같은 킬러 타이틀과, 넓은 인기는 없어도 특정 수요층이 확실히 확보되는 만화를 함께 연재한다고 들었고.

이런 걸 보면 확실히 벤틀리가 출판인으로서라면 몰라도, 경영자로서는 상당히 능력 있는 것 같아서 마음이 놓였다.

어쨌든 출판사가 안정되어야 작가도 마음 놓고 글에 집중할 수 있으니까.

그런데…….

"참, 작가님. 혹시 소설 말고 에세이나 논문은 써 보실 생각 없으십니까?"

"예?"

이건 또 뭔 개소리야?

나는 눈을 껌뻑이며 벤틀리를 보았다.

"논문이라니, 혹시 뭐 문학 논문 같은 거요?"

"아, 그런 건 아닙니다."

다행이다. 나는 안도의 한숨을 내쉬었다.

한국인답게 대학 졸업장은 땄지만 그건 행정학이었지, 영문학은 아니다.

지금 내가 쓰는 〈피터 페리〉도 일부에선 문장이 유치하고 직설적이라고 까이고 있고.

"그럼 뭔데요? 교육학?"

아동문학이니까 그나마 가능성이 있다면 이쪽이겠지.

물론 딱히 이쪽도 쓸 생각 없었다. 내가 교육에 대해 아는 건 오은영 박사님 방송 썰뿐이니까.

그러니까 적당히 거절하면 되겠지…… 그렇게 생각하며 태연하게 물었는데.

"아뇨, 그…… 신지학(神智學, Theosophical) 쪽입니다."

예? 뭐라고요?

"……그게 뭔데요?"

"모르십니까?"

"알아야 하는 건가요?"

진짜 몰라서 되물었다.

물론 나도 아주 모르는 건 아니다. 정확히 말하면 이름 정도는 안다.

이래 봬도 부업으로 사령관 겸 마스터 겸 또레나 겸 지휘관 겸 선생님 겸 여행자였으니까.

그런 데서는 종종 언급되곤 하거든.

신지학(神智學).

우주나 자연의 불가사의한 비밀들을 그저 신이기에 그렇다고 끝내는 게 아닌 학문적으로 연구하여 본질을 파악하려는 종교적 학문.

뭔가 거창해 보이지만, 쉽게 한마디로 말하자면 그냥 오컬트 설정 덕질이라는 거다.

그런데 뭐? 논문이요? 그게 논문이 나올 만한 그런 거였나?

벤틀리는 그런 나에게 황급히 손사래를 치며 말했다.

"아, 물론 몰라도 상관은 없습니다. 지금은 그냥 뭐랄까…… 종교나 사상, 문화의 기원을 찾는 일종의 별종? 괴벽? 그런 사람들 모임이니까요. 다만 저는 작가님이 〈피터 페리〉에서 게르만이나 켈트, 아니면 그리스 신화에서 따온 이름들을 많이 쓰시길래. 그쪽으로도 조예가 깊으신가 했던 것뿐입니다."

"제 지식은 대부분 독학입니다. 그다지 정확하지도 않구요."

애초에 독학이라기도 애매하다. 절반 이상이 서브컬쳐를 통해 자연스럽게 익혀졌거나, 파라과이 위키를 통해 배운 거니까.

뭐? 모리안이 전쟁의 여신이라고? 배신과 통수의 여신

이 아니라?

"그런데 그런 논문은 왜요? 〈템플 바〉에 그런 것도 싣습니까? 문학 평론이 올라온 건 가끔 보긴 했는데."

"아뇨, 잡지에 올릴 에세이는 아닙니다. 다만…… 휴, 직설적으로 말씀드리면."

내 담당 편집자는 깊은 한숨을 쉬더니, 골치 아프다는 듯 말했다.

"대학교와 학술협회 몇 군데에서 그게, 작가님께…… 브리튼 제도에 실존하는 요정들과 영적인 존재들에 대해 논문을 써 주기 바란다는 요청이 왔습니다."

"……무시기요?"

어.

지금 내가 들은 게 맞나?

* * *

처음으로 돌아가 보자.

나는 왜 아이들에게 보여 줄 책의 소재로 다른 것도 아니고 '요정'을 골랐는가?

답은 간단하다.

'이 시대에 제일 잘 팔리는 소재였으니까.'

한때 한국 웹소설에서 헌터물이 대세였고, 일본 라노벨

에서 이세계물이 범람했던 것과 비슷하다.

이 시대 영국에서, 요정(Fairy)은 하나의 트렌드였다.

대충 줄이면 요정물쯤 될까? 대표적으로 피터 팬이 있었겠지만, 아직 안 나왔다.

트렌드는 사회의 경향을 반영한다.

한국에서 헌터물이 유행한 건 일확천금과 능력주의(Meritocracy)에 대한 환상 때문이고, 일본에서 이세계물이 유행한 건 갑갑한 현실에서 도피하려는 내면적 욕망을 자극했기 때문이다.

이와 마찬가지로, 영국에서 요정물이 유행하는 것도 일종의 사회적인 경향을 대변했다.

일단, 영국인들이 요정을 어떻게 받아들였는지부터 생각해 보자.

이들은 요정을 자연의 화신, 아바타, 메타포. 뭐 그런 것으로 받아들였다.

아마 그리스 신화의 영향이 강했기 때문인 것 같다.

그리스에서 요정이야말로 애니미즘(Animism), 정령신앙의 주체였으니까.

그렇다면 영국인들은 왜 그 요정을, 바꿔 말해 자연을 욕망하게 된 것인가?

'그야 당연히 산업혁명 때문이지.'

지난번 런던에서 느꼈듯, 나무 한 그루 보기 힘들고,

푸른 하늘 한 번 보기 힘들어진 도시에서 시민들은 자연스럽게 자연에 대한 동경과 낭만을 품었다.

그리고 이는 곧 하나의 상징으로 수렴했는데, 그것이 바로 '요정'이다.

한국 상황으로 비유하자면 일에 지쳐 있던 서울 시민들이 주말에 등산 가는 것과 비슷한 감각을, 런던 시민들은 요정물을 읽으면서 느꼈다는 얘기다.

물론 내가 이걸 다 계산해서 요정 소설을 쓴 것은 결코 아니다. 애초에, 처음에 썼을 땐 그냥 애들 보여 주기 편한 소재라 차용했을 뿐이니까.

다만, 지금은 다르다.

작가로서 글을 팔고 있는데 왜 글이 잘 팔리는지, 그 이유를 분석하고 파고들지 않으면 금방 도태된다.

적어도 난 그렇게 생각했고, 그래서 내 나름 시장을 분석해 본 것이다.

그런데…… 아무래도 그런 내 분석은 부족해도 한참 부족했던 모양이다.

이 시대 어른들이 얼마나 요정에 진심이었는지 정말, 전혀 모르고 있었으니까.

"이쪽은 웨스트민스터 대학에서 온 요청입니다. 이쪽은 미국 신지학회 쪽에서 온 거구요. 으음. 이건 중앙 힌두 대학에서 온 거네요."

"세상에, 이 양반들이 하라는 연구는 안 하고."
"하, 하하. 이들에게는 이게 연구일 겁니다. 아마."
대부분은 내가 모르는 대학이나 학회였지만, 개중에는 나도 그럭저럭 알 것 같은 유명 단체도 있었다.
아니, 신지학이라는 게 이렇게까지 인기였나?
"혹시 글을 내면 원고료는 어떻게 되죠?"
"글쎄요. 경우에 따라 다르긴 합니다만, 이 웨스트민스터 대학의 경우……."
벤틀리의 입에서 무시하기엔 너무 많은 금액이 튀어나왔다.
쓰읍, 군침 도는데?
하물며 이야기를 들어 보니 이 유명 대학 쪽은 내게 작가로서 '요정'이라는 환상종 자체에 대한 문화적 견해를 묻는 것에 가까웠다.
아, 이런 건 거절하기 어렵지.
게다가 그다지 어려운 일도 아니다. 결국 저들이 원하는 건…….
"일단 쓰다가 참고해 둘 만한 걸 정리해 둔 설정 노트가 있습니다. 그걸 드릴 테니 벤틀리 씨가 알아서 편집해서 보내 주세요."
"예?! 아니, 그런 보물이 있는데 왜 이제야 말씀해 주시는 겁니까?!"

"아니, 그냥 대충 끄적인 메모장이 무슨 보물씩이나."

상대적이지도 절대적이지도 않은 상식의 백괴사전(百怪辭典) 아니고.

그러고 보니 그 작가도 동물 소설 썼다가 동물학자로 착각된 적이 많다고 했었나.

일단 나는 내게 온 요청을 크게 셋으로 나누었다.

돈도 없이 글만 내놓으라거나 의도가 불순해 보이는 케이스는 완전히 거절했다.

적당히 의도가 순수해 보이거나 돈이 괜찮으면 설정집중 필요한 부분을 적당히 요약해 보내기로 했다.

마지막으로 수준 높은 문화학적 고찰이 필요한 곳에는 몇 가지 의견을 받아 답을 써 주기로 했다.

결국 설정덕후들에게 내 위키를 공개해 주면 된다는 거지.

이 문제는 이걸로 끝!

그보다 내가 눈여겨본 것은 이 건을 들고 온 벤틀리에 대해서였다.

아무리 내가 대중 친화적인 작가라고 해도…… 아니, 오히려 그러니까 더 이런 학술 단위의 일은 안 맞는단 말이지.

그런데도 그는 이런 일을 가져왔다.

그렇다는 건.

"벤틀리 씨."

"예? 예, 작가님."

"월간지, 좀 암담합니까?"

"아…… 하하하."

벤틀리는 쓰게 웃었다. 빙고란 뜻이다.

"아무래도 신인 작가들에 비해, 유명한 기성 작가님들을 모셔 오려면 좀 지출이 크니까요."

신인 끼워팔기도 정도껏이니까요.

그는 어깨를 으쓱이며 그리 말했다.

"하지만 그 정도가 아니면 지금 수익이 보장되기 힘들겠죠."

"하아, 정답입니다."

역시 그렇구만. 나는 고개를 끄덕였다.

하긴, 킬러 콘텐츠가 있고 없고는 그 플랫폼의 급을 결정하니까.

옛날에 명탐정 고난이 완결이 나지 않는 이유로 그런 걸 들은 거 같다.

그렇다면, 마침 잘 됐다.

내가 해 줄 수 있는 게 있지.

"그러면 벤틀리 씨, 월간 쪽에 아직 자리 남나요?"

"예? 글쎄요. 다음 달 것까지야 확보가 됐다지만, 그다음 달부턴 어떻게든 조율을 해야죠."

"잘됐네요."
"예? 그게 무슨……."
나는 씨익 웃음을 지으며 말했다.
"그러면, 슬슬 신작 얘기를 해 볼까요?"

빈센트 빌리어스

"신작이라면…… 한 작품을 더 하시겠다는 말씀이십니까?"
"예, 그렇죠."

나는 담담하게 그리 말했다. 하지만 의외로 벤틀리의 표정은 떨떠름했다.

뭐지? 월간에서 부담을 느낀다면, 내가 한 작품 더 해 주는 게 차라리 나을 텐데?

그렇게 묻자, 벤틀리는 고개를 끄덕이며 말했다.

"물론 작가님께서 월간지 쪽에서도 원고를 올려 주신다면, 저희 쪽에선 바랄 게 없습니다. 지금 〈템플 바〉를 구독하고 계신 팬들은, 솔직히 말해 대부분이 작가님의 팬이었으니, 작가님께서 힘써 주시면 주간으로 빠져나갈 팬들도 둘 다 사는 쪽으로 선회하겠지요."

"그런데 왜 그렇게 달갑지 않은 표정이시죠?"

"그야, 〈피터 페리〉가 최고조로 인기를 끌고 있긴 합니다만, 그렇다고 아직 시장에 완전히 안착한 것은 아니니까요. 제가 보기엔 이, 좀 더 시장에 장르로서의 형식으로 안착할 수 있을 때까진……."

아, 그러니까 그게 걱정이라는 거지?

휴재.

"〈피터 페리〉에 소홀하겠다는 얘기는 절대 아닙니다."

나는 단호하게 고개를 저었다.

내가 빙구냐? 고작 3+α권 만에 이렇게 잘 팔리는 연재소설을 대충하게?

이미 난 최소 8권은 쓰지 못하면 소설을 끝내지 못했다고 느끼게 된 몸이란 말이지.

그리고.

"아시다시피 제 손이 좀 빠르긴 하잖습니까."

"그렇지요."

"그래서 시간이 남는 김에…… 차기작을 써 뒀지요."

나는 그렇게 말하면서, 이번 3권을 집필할 때 함께 만들어 둔 차기작의 제1권과 추후의 줄거리를 적은 플롯 노트를 내밀었다.

벤틀리의 두 눈동자가 커지는 것을 보니 꽤 놀란 모양이다.

"아니, 이건 도대체 언제……."

"하하. 이 정도야 뭐."

솔직히 말하면 살짝 좀 무리한 것도 사실이지만, 그건 굳이 말할 필요 없겠지.

나는 빙긋 웃으며 벤틀리가 원고를 훑는 것을 보았다.

새 원고의 이름은 〈빈센트 빌리어스(Vincent Villiers)〉.

생생히 살아 움직이는 19세기 런던을 보면서 느꼈던 영감을 담아 만들어 본 작품.

〈피터 페리〉가 아이들을 위한 소설이었으니, 이번엔 조금 대상 연령을 높여 본 글이다.

이 시대는 19세기 말, 그리고 이때 어른들을 위한 장르 문학이라면 단연히…….

"이거…… 복수물이군요."

"〈몽테크리스토 백작〉을 모티브로 써봤습니다."

나는 입에 침도 안 바르고 말했다.

물론 어느 정도 뒤마(Alexandre Dumas)에게서 따온 것도 있으니 아주 거짓말은 아니지만.

이번 작품의 주인공, 빈센트는 원래 이스트엔드의 막노동자 출신으로 성도 제대로 없었다. 그냥 빈센트라고만 불렸다.

이대론 못 살겠다고 생각한 빈센트는 피나는 노력 끝에

변호사가 되었고, 가상의 공작 가문인 '빌리어스 공작가'에서 전속 세무사 겸 행정사를 할 정도로 성공하게 된다.

하지만 빌리어스 가에서는 빈센트를 세금 포탈과 비자금, 밀수 등의 문제를 온통 뒤집어씌워 죽여 버리고…… 그렇게 토사구팽당한 빈센트는 복수를 다짐하며 눈을 감게 된다.

그런데, 어머나 세상에.

죽었다고 생각한 빈센트는 눈을 뜨니 자신이 빌리어스 가에서 내다 버린 막내 손자, 빈센트 빌리어스가 되었다는 것을 깨달아 버린 것이다!

그 뒤, 빈센트는 자신이 알고 있던 빌리어스 가의 비리와 악덕, 그리고 자신이 쓸 수 있는 모든 것을 이용하여 자신을 죽인 이의 가장 소중했던 돈과 명예, 그리고 가문까지 빼앗아 버리는 작품이다.

즉, 이건 단순한 복수물이 아니다.

정확히는 복수물이 섞여 있는, 웹소설 업계에서 흥했던 형태로, 말하자면 '재벌물'이라 평할 수 있었다.

이 장르의 근본적인 흥행 요소는 신분 상승 욕구의 대리만족, 그리고 무능하고 비도덕적인 주제에 불합리한 권력을 독점한 기득권층에 대한 사이다패스.

따라서 신분 상승이 불가능할수록 잘 팔리고, 기득권층이 무능할수록 시원하다.

나름대로 입신양명으로 신분 상승이 가능한, 그리고 능력주의(Meritocracy) 사회라 기득권층이 유능한 '것처럼' 보이는 한국 사회에서도 이 장르는 어마어마하게 잘 팔렸다.

 그렇다면, 그런 한국보다 더 신분 상승이 꽉 막히고, 기득권층도 더 무능한 이 대영 제국.

 하위층은 태생의 자신의 한계를 단정 지으며, 업 타운과 다운 타운이 '언어'에서부터 나눠질 정도의 이 사회.

 무엇보다, 윈스턴 '더 갈리폴리' 처칠 같은 무능한 귀족가 애송이가 목에 힘주고 다니는 신분제 사회에서는 반응이 과연 어떨까?

 장담컨대, 그 대리만족의 크기가 한국보다 크면 크지 결코 작지 않을 것이다.

 뭐, 물론······.

 "작가님······ 이건, 위험합니다."

 그만큼 위험도 따르지만.

 나는 피식 웃으면서 그런 벤틀리를 보았다.

 "파격적인가요?"

 "그야 당연하지 않습니까! 아무리 요즘 사실주의 소설이 유행이고 사회 비판물이 흥한다지만, 이건 나가도 너무 나갔습니다! 잘못하다간······."

 "벤틀리 씨."

나는 그의 말을 가로막았다. 그리고 물었다.
"지금은 일단 그런 자질구레한 건 치워 두시고."
"자, 자질구레한 거라니요."
"그래서…… 재밌습니까? 재미없습니까?"
벤틀리의 입이 꿀 먹은 것처럼 다물렸다.
 무언가 입을 열어 말하고 싶다는 듯 달싹였지만, 그 의지가 현실화하지 못했다.
 눈에는 핏발이 섰고, 콧구멍이 벌렁거리는 게, 누가 봐도 뒷간 마려운 모양새다.
 즉.
 내 말에 반박을 못 하고 있다.
"재밌겠죠?"
"……큭. 작가님, 작가님은 악마이십니다."
"괜찮아요, 괜찮아. 다~ 이해합니다."
나는 낄낄거리면서 그렇게 말했다.
"걱정 마세요. 장담하죠. 벤틀리 씨가 생각하는 것만큼의 별일은 없을 겁니다."
"하, 하지만."
"기득권을 비판하는 거라면야, 뭐 이 시대에 흔하잖아요?"
나는 태연하게 말했다.
 앞서 뭔가 거창하게 말하긴 했지만. 이 시대는 기득권,

그러니까 구세대의 가치…… 예를 들어 혈통이나 종교의 입지가 금전에 밀리기 시작하는 시기다.

부르주아의 부상, 왕권의 몰락. 진정한 의미로 황금 만능주의의 편린이 보이는 시대.

내가 살고 있는 이 영국만 해도 그렇다. 〈더버빌 가의 테스〉 같은 소설에서 기독교 취급이 처참한 게 괜히 그런 게 아니다.

귀족도 크게 다르지 않다.

〈소공녀〉에서 돈 좀 없다고 순식간에 거지 취급당하는 건, 그리고 귀족 캐릭터들이 더욱 나쁘게 나오는 건 그만큼 혈통적 가치가 전처럼 큰 힘을 내지 못하는 것을 의미한다.

즉, 파격적으로 보이지만 생각만큼 엄청난 사상을 담은 건 아니란 소리다.

그저 문학적 재미를 추구하고 사소한 복수심만 더했을 뿐이다.

보물 좀 찾았다고 귀족 되는 건 〈몽테크리스토 백작〉에서도 나오잖냐?

"그러니까 벤틀리 씨, 이거 하나만 생각해 주세요."

나는 벤틀리에게 속삭이듯 말했다.

"재밌는지, 아닌지. 그리고…… 잘 팔릴지, 아닐지 말이에요."

빈센트 빌리어스 〈217〉

"작가님······."

"어떻습니까? 이 책은, 재밌나요? 잘 팔릴까요?"

"······솔직히 말씀드리면."

그리고, 벤틀리는 창백한 얼굴로 덜덜 떨면서도 용케 차분하게 말했다.

"저희 입장에서는 작가님이 〈피터 페리〉에 집중해 주시는 게 더 안정적입니다."

"예, 이해합니다."

나는 고개를 끄덕였다.

〈피터 페리〉의 매출은 이미 상수다. 출판사 입장에서는 상수를 지키는 쪽이 훨씬 낫다. 변수는 기본적으로 도박이니까.

"이 작품도, 호불호가 갈릴 가능성이 너무 큽니다."

"그렇죠, 그렇겠죠."

하지만 난 당당했다.

이미 벤틀리의 눈에서, 노다지를 확신하는 사업가. 그리고 재미있는 글을 발견한 독자의 눈빛을 읽었기 때문이다.

"하지만······ 저 개인적으로는, 이 〈빈센트 빌리어스〉의 원고를 꼭 한번 보고 싶다는 생각이 들고 있습니다."

"기대해 주세요."

아마 절대 실망하지 않으실 겁니다.

나는 히죽 웃으면서 벤틀리 씨의 손을 잡았다.

* * *

비슷한 시기, 런던.
딸랑딸랑.
"짐, 잘 지냈나."
"도일 선생님, 어서 오십시오."
펍에 들어선 아서 코난 도일은 주변을 두리번거렸다. 최근 몇 달간, 그가 펍에 들어올 때마다 보이는 행동이었다.
짐은 한숨을 쉬며 고개를 젓고는 말했다.
"선생님, 오늘도 안 왔습니다."
"……그런가? 아쉽군, 정말 아쉬워."
아서 코난 도일은 진심으로 탄식하며 말했다.
몇 달 전, 늘상 다니던 이 펍에서 만난 정체불명의 동양인…… 조선이라고 했나? 하여간 그 나라 출신의 청년.
풍문으로만 들은 동아시아인의 특징대로 피부색이 황토색이긴 했지만 생각보단 옅었으며, 키도 작지 않고 훨씬 컸다.
영어도 유창했으며, 무엇보다…… 어중간한 유럽인보

다 훨씬 뛰어난 직관을 가진 사람이었다.

역시 우생학이나 인종론 따위는 전혀 의미가 없다.

아서 코난 도일의 평소 갖고 있던 생각이 더욱 공고해졌다.

그리고 그 청년을 다시 한번 만나고 싶었다.

다시 한번 그 청년을 만나, 지성에 더 많은 자극을 받고 싶었다.

그런데…… 왜 안 오지?

도대체 왜 안 나타나는 걸까, 짐의 요리 실력은 틀림없이 런던 최고 수준일 텐데. 한번 맛보면 다신 잊히지 않을 텐데…….

"후우, 어쩔 수 없지. 우선 에일 하나 주게."

"알겠습니다. 그런데 선생님, 잠은 제대로 주무십니까? 안색이 안 좋으십니다."

"이런. 자네도 탐정이 다 됐군."

아서는 깊은 한숨을 쉬며 고개를 저었다. 짐의 말대로였다.

"재미가 없어."

"으음, 무슨 말씀이신지."

"삶이 재미가 없단 말일세. 삶이."

아서는 투정 부리듯 말했다. 짐으로서는 쓴웃음을 지을 수밖에 없었다.

아서는 지금 세간에선 아동문학의 〈피터 페리〉와 비견되는, 가장 잘 팔리는 소설의 작가로서 유명해진 〈셜록 홈스〉 시리즈의 작가다.

하지만 그는 단언했다.

―탐정 소설 따위는 문학적인 가치가 전혀 없는 글이야! 내가 쓰고 싶은 건 문학의 역사에 길이 남을 역사 소설이란 말일세!

하지만 그럼 뭐 하나.

그가 그리 심열을 기울여 만든 〈마이카 클라크(Micah Clarke, 1889)〉도, 〈백의의 기사단(The White Company, 1891)〉도 하나도 안 팔리는 것을!

짐으로서는 '아무튼 잘 팔리면 좋은 거 아니냐'라고 묻고 싶었지만, 아서 코난 도일은 격정적으로 반박했다.

―사자에게 질 좋은 풀을 뜯으라고 해 보게. 노루에게 최고의 고기를 줘 봐! 그들이 고마워할 것 같던가?!

틀린 말이 아니었다.

짐은 그런 아서의 성정을 잘 알기에, 그저 아무 말 없이 그가 주문한 에일을 가져다줄 뿐이었다.

한숨을 쉰 아서 코난 도일은 평소대로 지정석에 털썩 주저앉았다.

평소라면 필기구와 양피지를 들고 와서 하루 3천 단어씩 글을 썼을 것이다.

하지만 오늘은 그럴 기분이 아니다.

머리가 너무 둔하다. 이대로라면 그냥 술에 취해 잠드는 게 나을 법하다.

그런 아서의 눈에 익숙한 잡지 하나가 들어왔다.

"……흠, 〈위클리 템플〉인가."

아서 코난 도일은 손을 뻗어 그것을 펼쳤다.

그는 스스로는 질색하지만 아무튼 인기 소설의 작가였고, 그 필력은 많은 책을 읽는 다독에서 나왔다.

애드거 앨런 포, 로버트 루이스 스티븐슨, 러더이드 키플링, 그리고…… 한슬로 진.

자신처럼, 느슨해져 있던 영국 문학계에 혜성처럼 나타난 신인 작가.

그런 작가답게 글은 너무 통속적이라 완전히 맘에 차진 않지만, 이제 그도 두 아이의 아버지인 몸이다. 아동을 위한 글 몇 개 정도는 읽어야 한다고 생각했고, 〈피터 페리〉도 그중 하나였다.

그가 보기에, 한슬로 진은 참 독특한 작가였다.

지금까지 영문학에서 고평가받던 요소인 운율이나 어

휘에는 별 관심이 없다.

문장도 기이할 정도로 짧고, 대사도 이상하게 많다. 그런데 또 문법이나 플롯은 상당히 정석적이고 쉽다.

이런 점이 종합해서, 미취학 아동이 읽기 좋은 글을 만들어 내고 있었다.

그렇다고 깊이가 없느냐 하면 그것은 또 아니었다.

특유의 완급 조절과 기교가 매우 능하여, 읽다 보면 뇌와 염통이 쫄깃해지는 기분이었다.

다만, 그는 최근에는 영 뭘 읽어도 감흥이 없어 자신도 모르게 책 자체를 멀리하고 있었다.

이게 바로 슬럼프라는 건가, 우울하기 짝이 없다.

"어디까지 봤더라……."

한숨을 쉰 아서는 천천히 잡지의 책장을 넘겼다.

눈치 좋게도 짐은 템플 바와 위클리 템플까지, 1년 사이 출간되어 있던 잡지를 전부 비치해 두고 있었다.

그리고.

"……피터를 죽였다고?"

설마 진짜 죽였을 줄이야…….

아서 코난 도일은 경탄하며 중얼거렸다.

물론 연재 소설에서 주인공을 죽이는 일은 흔하다. 게다가 〈피터 페리〉에서는 그럴 만한 복선이 몇 번 있었다.

지난 편에서 이루릴이 야수왕 바게스트의 수하인 검은

개에게 물리는 장면부터, 은연중 '침식'당하는 묘사까지.

그래서 혹시 그런 전개로 가나? 라는 의심은 했지만, 설마 진짜로 해 버릴 줄이야!

그도 그럴 게 근본적으로 이 책은 아동 소설이 아닌가? 그런 책에서 주인공을 한순간이나마 죽여 버리다니……

그 순간 그의 머릿속에 동양인 청년이 했던 말이 스쳐 지나갔다.

'아니, 아동 서적이라 생각한 것은 그저 우리만의 생각인가?'

한슬로 진, 그는 단 한 번도 이 책이 '아동 서적'이라고 말한 적은 없었으니까.

그렇다면 이 죽음도 납득이 간다.

죽음이란 문학과 떼 놓을 수 없는 소재. 어떻게 사용하느냐에 따라 훌륭한 예술이 되기 때문이다.

한슬로 진, 그도 그렇게 생각하며 이렇게 죽음을…… 죽음, 죽음을…….

"잠깐만."

순간 그의 몸이 굳었다.

혹시, 이건…… 써먹을 수 있지 않을까?

그의 회색 뇌세포가 미친 듯이 문장들을 짜낸다.

그렇게 잠시 후, 아서는 자신의 이마를 부여잡고는 폭소하였다.

"하하하하하하! 그래, 이거야. 이거! 이거면 해방될 수 있겠지! 드디어 편히 잘 수 있겠구만!"

조선인 청년과 헤어지고 잭 더 리퍼를 체포한 뒤, 정말 오랜만에 짓는 상쾌한 웃음이었다.

얼마 뒤.

스트랜드 매거진에는 원 역사보다 조금 빠르게, 〈마지막 사건(The Final Problem)〉의 원고가 도착했다.

* * *

서걱, 서걱—

"이보게들."

끼이이이익— 콰직—!

"한 번만 살려 주게."

잘 차려입은. 아니, 잘 차려 '입었을'이라는 말이 어울리겠지. 옷 자체는 런던의 명품이었으나, 이제는 찢기고 더럽혀져 걸레짝이 되었으니.

아무튼, 신사는 고개를 푹 수그리며 그리 말했다.

그 말을 들은 잡역부…… 정확히 말하면 그렇게 위장한 하인들이 잠시 멈칫했으나, 그뿐이었다.

그들은 여태 하던 행동을 다시 시작했다.

서걱, 서걱—

작업을 계속하는 그들을 본 신사는 고개를 쳐들어 소리쳤다.
"제발 부탁일세! 존, 해럴드! 내가 술도 여러 번 대접하지 않았나? 이대로라면 내가 죽고 말아!"
"빈센트, 다 알 만한 사람이 왜 이러나."
"그걸 원하는 게요, 변호사 나리."
존과 해럴드의 차가운 말에 변호사, 빈센트는 그 모습에 이를 악물고 물었다.
"1공자인가?"
"……."
맞구나.
빈센트는 지금도 선명했다. 그의 어깨를 두드리며 1공자, 그레고리 빌리어스가 했던 말이.

―내가 아내는 못 믿지만 빈센트, 자네는 믿잖아. 그 자금, 맡아 줄 사람은 자네뿐이야.
―부탁하네. 알잖나? 그걸 들고 아시아 어느 식민지 구석에라도 숨으면 평생 귀족 행세하며 살 수 있는 돈이야. 그런데도 이걸 자네에게 스스럼없이 맡기는 건, 내가 그만큼 자네를 신뢰한단 뜻일세.
―걱정 말게, 스코틀랜드 야드는 평생 모를 거야. 사라진 자금으로 끝내기로 했네. 여왕…… 아니지, 그 할망구

의 번견들이라도 자넨 못 찾아.

그야 당연히 못 찾겠지.
존과 해럴드의 작업이 끝나, 그가 저 구멍 뚫린 보트에 타면…… 영원히 저 검푸른 카리브해 밑바닥에 가라앉아 물고기 밥이 될 테니까.
절대 그렇게 될 수는 없다. 빈센트는 이를 악물었다.
"6만 파운드(약 140억 원)일세! 6만 파운드야. 내 몫은 필요 없어, 자네들끼리만 나눠 가지게!"
"……."
"손자들까지 떵떵거리고, 화장실(toilet)을 몽땅 황금으로 도배해도 썩어남을 돈이라고! 정말로 필요 없겠나?"
"빈센트 씨."
묵묵히 듣던 존이 한숨을 쉬며 말했다.
"그럼 당신은 왜 안 도망쳤소?"
"……."
빈센트는 입을 열 수 없었다.
틀린 말이 아니었다. 정말 그가 도망치려면 진작 도망칠 수 있었다.
하지만 그러지 않았다. 왜 그랬는가?
"내, 더 말이 필요하오?"
그 답은 뻔했다. 빌리어스가 두려웠기 때문이다.

해가 지지 않는 제국의 여왕조차 두려워하지 않는 자들. 2백 년간 권세를 이어 온 영국의 대귀족가.

그런 그들이 이스트엔드 출신 변호사 하나 따위가 숨는다 해서 찾아내지 못할 리가 없었다. 그건 그처럼 공부하지 않은, 더 거친 일을 하는 하인들이라도 쉬이 알 수 있을 정도였다.

"시간 됐군."

"태워."

"자, 잠깐만! 제발, 제발 살려 줘!"

"그만하시게. 변호사 양반."

존이 차갑게 말했다.

"이 정도면 술값은 충분히 치렀어."

"야, 이 개자식아!!"

"어차피 부모도, 처자식도 없잖나? 그냥 속 편히 가게."

그게 말이 되냐?! 빈센트는 그렇게 말하고 싶었지만, 해럴드가 더 빨랐다.

입에 재갈을 물리고, 갈빗대 몇 개가 부러진 그는 더 이상 말을 하지 못했다.

존의 말대로였다.

어쩌면 이대로 고요히, 그나마 덜 고통스러운 방법으로 죽임당하는 것도 그들이 할 수 있는 최소한의 자비일지도 모른다.

그러니, 마음이라도 편히…….

'웃기지 마라.'

빈센트가 생각했다.

'내가 이대로 죽을까 보냐? 웃기지 마라! 그럴 거라면 그 이스트엔드 밑바닥에서 기어 올라오지도 않았다!!'

'빌리어스, 저주받을 빌리어스! 절대 나 혼자 가지 않는다. 무슨 일이 있어도! 악마에게 영혼을 팔아서라도!'

'네놈들에게 복수할 것이다!'

생각은 거기까지였다.

물이 차올랐다.

숨이 가빠졌다.

그리고.

그리고.

"허억!!"

"세상에, 비니(Vinny)!! 괜찮니?!"

"의사, 의사 불러 와! 제기랄, 이 무능한 놈들 같으니라고!!"

빈센트는 멍하니 눈을 껌뻑였다.

그를 껴안은 미부(美婦)의 분내가 코를 찔렀다. 듣기 싫은 중년의 새되고 갈라진 목소리가 귀를 때렸다.

"이 애가 누군 줄 아느냐?! 우리 빌리어스 가문의 소중한 막내란 말이다! 조금이라도 후유증이 있다간 전부 죽여 버릴 테다!!"

"무, 물론입니다. 물론입니다, 공자님!!"

그리고.

빈센트는 미부와 중년, 그러니까 부모들 사이에서 그를 보며 비웃는 작자의 얼굴을 보았다.

틀림없었다. 반평생 동안 그를 모신 빈센트는, 살짝 어려졌다 하더라도 그를 몰라보지 않았다.

그레고리 빌리어스.

버킹엄 공작가의 장자.

그리고 그의 원수.

'나약한 놈. 우습기 짝이 없구나. 너 같은 놈이 내 막냇동생이라니.'

입술로 들리지 않게 그렇게 말하는 그를 보며, 빈센트는 역으로 비웃어 주고 싶었다.

아아, 정말로 우습기 짝이 없다.

원수의 집안에 다시 태어나게 될 줄이야.

이 영문 모를 조화를 일으킨 것이 신인지 악마인지, 빈센트는 알 수 없었다.

하지만 한 가지는 확신했다.

'네놈이 소중히 생각하는 것들.'

재산. 영광. 권력.

전부 빼앗아 주마. 빈센트 빌리어스는 그렇게 조용히 다짐했다.

＊　＊　＊

　〈피터 페리〉는 런던에서 대중적인 인기를 얻고 있는 아동 소설이다.
　하지만, 그게 모든 사람이 〈피터 페리〉를 좋아한다는 뜻은 아니다.
　아동 소설 자체를 유치하다는 이유로 싫어하는 사람들도 다수 있었고, 근본적으로 〈피터 페리〉 자체를 불쾌하게 여기는 이들도 많았다.
　어쩔 수 없는 부분이기도 했다.
　세상에 완벽한 작품은 존재하지 않으며, 모든 사람에게 사랑받을 수 있는, '명작의 이데아' 같은 것은 최소한 현세에는 존재할 수 없다.
　피터 페리를 싫어하는 사람들의 이유도 다양했다.
　근본적으로는 피터 페리가 기존 영문학에서 선호하던 운율의 아름다움이나 고도로 정제된 문장과는 거리가 있다는 점을 지적했다.
　대체로 귀족주의자들이었다.
　또 어떤 사람들은 피터 페리가 지나치게 주제가 없는

이야기로, 사람들의 눈을 현혹하여 정말 중요한 사회 문제에서 멀어지게 만든다고 비판했다.

대체로 사회주의자들이었다.

그리고 이 둘 모두를 충족하는 작가, 조지 버나드 쇼(George Bernard Shaw)는 이렇게 비꼰 적도 있었다.

"학대로 정신병을 앓고 있는 아이가 자기가 꾼 꿈을 두서없이 지껄일 때 필요한 것은 의사와 위로뿐이다."

물론 그를 아는 사람들은 그게 진짜 경멸이라고는 생각하지 않았다.

셰익스피어조차 조롱하는 척하면서 패러디한 소설을 몇 편이나 써낸 사람이 버나드 쇼였기 때문이다. 평소 그가 말하는 것을 생각하면 이 정도는 오히려 극찬에 가까울 것이다.

실제로 그는 〈템플 바〉는 물론, 몇 달 전부터 〈피터 페리〉를 옮겨 연재하기 시작한 〈위클리 템플〉도 꾸준히 애독 중이다.

하지만 그것은 어디까지나 조지 버나드 쇼가 시대를 앞선 욕데레이자 독설가로서 동종업계 종사자를 존중하는 방식일 뿐, 어쨌든 〈피터 페리〉를 싫어하는 것은 틀림없었다.

그래서 절친한 친구이자 고향 후배, 윌리엄 버틀러 예이츠(William Butler Yeats)는 그런 버나드 쇼의 견해를 매우 안타까워했고…… 아침 발간된 〈템플 바〉를 보자마자 당장 그의 집으로 달려갔다.

오랜 친구 사이였기 때문에 가정부도 그를 말리지 않았고, 쇼는 독신이었다.

즉, 혼자 있었단 소리다.

"버나드, 버나드 씨!! 계십니까?"

"으음…… 무슨 일인가, 윌리엄. 지금 시간이……."

아직 해도 뜨지 않았다는 것을 안 버나드 쇼는 순간 예이츠를 후려 팰까 생각했다. 하지만 그러지 않았다. 그러기도 귀찮았기 때문이다.

그러거나 말거나, 윌리엄 예이츠는 자신의 9살 위인 동향 작가 선배를 흔들어 깨우려 들었다.

"시간이고 자시고, 이걸 좀 봐주십시오!"

"정말 미안한데…… 나 진짜로 피곤하네. 어제도 노동당 간부들이랑 열심히 토론하고 왔단 말일세……."

"토론은 무슨, 술이나 퍼마셨겠죠."

아일랜드인으로서 술을 싫어하는 사람은 없었고, 작가는 술빨로 글을 쓰는 경우가 종종 있으며, 정치인들은 술을 먹는 게 생업이다.

이 셋이 겹쳐졌으니 버나드 쇼도 술을 싫어할 수가 없었다.

하지만 그렇기에 그는 매일매일 숙취에 시달리고 있었

고, 그걸 알면서도 자신을 흔들어 깨우려는 예이츠를 정말 죽여 버리고 싶어졌다.

'별일 아니기만 해 봐라.'

정말 눈물 쏙 빼게 해 주겠다.

쇼는 그렇게 생각하며 지끈거리는 머리를 붙잡고 자리에서 일어났다.

그리고 예이츠가 그 난리를 피운 것이 〈템플 바〉 때문이라는 것을 알았을 때, 차라리 한 대 패고 계속 잘 걸 그랬다고 생각했다.

"윌리엄, 이 개자식아. 네가 애들이나 보는 요정 같은 거에 진심이란 것과 그걸로 아일랜드의 고유문화를 되살려 보겠다는 취지는 이해하겠는데, 〈피터 페리〉는 진짜 아무리 생각해도 아일랜드 식이 아니라······."

"버나드, 형님! 그게 아니에요. 이건 〈위클리 템플〉이 아니잖습니까!?"

"엉?"

버나드 쇼는 눈살을 찌푸렸다.

그리고 그래도 안 보이자, 눈을 좀 비비적거려 눈곱을 떼고 책상 위에서 안경을 찾아 꼈다.

그래, 분명 이건 〈위클리 템플〉이 아니라 〈템플 바〉였다.

그렇다면.

"······신작인가?"

제목, 빈센트 빌리어스.
작가, 한슬로 진.
'아니, 이미 하나 연재하고 있으면서.'
그것도 부담이 어마어마할 주간 연재로.
그런데도 신작이라니…… 손목이 남아날 순 있는 건가?
아니면 이 작가는 무슨, 그 인도의 신상들처럼 팔이 넷이라도 된단 말인가?
버나드 쇼는 어이없어하면서도 천천히 페이지를 넘겼다. 그리고 좋은 의미로 충격을 받았다.
피터 페리와는 전혀 다른, 암울하고도 강렬한 복수극 특유의 분위기가 그를 덮쳐 왔다.
게다가…….
"……물."
"예?"
"가서 가정부한테 물 한 잔 갖다 달라고 하게. 어서!"
"아, 예!"
예이츠가 가져온 물을 한입에 털어 넣은 조지 버나드 쇼는 숨도 쉬지 않고 문장을 읽기, 아니 숫제 빨아들이기 시작했다.
이상했다. 이게 정말 그 〈피터 페리〉의 작가가 쓴 소설이 맞나? 버나드 쇼는 스스로 자문하면서도 확신할 수가 없었다.

물론 〈피터 페리〉에서 느껴졌던 지나치게 짧은 문장과 운율을 쌩 무시하는 무식함은 여전했다.

하지만.

'어휘, 어휘가 정확해.'

다른 사람도 아닌 조지 버나드 쇼는 그것을 확실하게 느낄 수 있었다.

본디, 하류층이 쓰는 언어와 상류층이 쓰는 영어가 다른 것이 영국식 영어다.

이른바 '파든 잉글리시(Pardon English)'라는, 계층에 따라 어휘의 차이가 크게 나는 것이다. 화장실을 'toilet'이라고 쓰는 것이 대표적인 예시였다.

이제까지 한슬로 진은 〈피터 페리〉에서 이런 어휘를 마구잡이로 섞어 써 왔다.

괜히 그가 미국 사람이라는 의혹이 번진 것이 아니다.

하지만 이번 소설, 〈빈센트 빌리어스〉에서 주인공 빈센트는 이스트엔드 출신이라는 것을 숨길 수 없었다는 이유로, 성공한 뒤에도 파든 잉글리시를 사용했다.

심지어 환생한 뒤에는 이 두 계층 간의 언어를 자유자재로 사용해서, 이를 이용해 하인들을 포섭하는 장면도 나온다.

언어라는 것을 이렇게 표현할 줄이야?

놀라운 글이다.

자유로운 발상, 매혹적인 전개, 직조된 분위기가 순식간에 버나드 쇼를 사로잡았다.

그래서 더더욱 확신할 수 없었다.

이건 혹시 노동자들의 영원한 우상, 찰스 디킨스, 아니면 그의 후계자라고 일컬어지는 윌키 콜린스가 부활한 것이 아닐까?

일순 긍지 높은 사회주의자이자 무종교인으로서 해선 안 될 이단적인 생각을 할 정도로 충격적이었다.

"어떻습니까, 버나드."

"……대단하군."

어떻게 이런 글을 숨겨 왔나 모를 정도야.

조지 버나드 쇼는 그렇게 탄식했다. 월간 연재 분량이 결코 적다고 할 수 없음에도, 지금 당장 다음 화를 읽고 싶었다.

물론 그 전에 "그렇지요?"라고 말하는 듯, 마치 자신이 칭찬을 들은 것처럼 자신만만하고 있는 예이츠부터 참교육하는 게 우선이겠지만.

* * *

─이 글은 파격적이다. 한슬로 진은 피터 페리로 아이

들의 마음을 어루만졌다면, 이번엔 어른들의 투사가 되어 사회를 때리기 시작했다.

―과격하다. 하지만 생각해 보자. 우리 사회는 지금까지 이런 글이 나와야 할 정도로 답보 상태가 아니었던가.

―오늘부로 한슬로 진에 대한 호평을 그만둔다. 오늘부터 평론 관계에서 벗어나 한슬로 진과 본 평론가는 한 몸으로 일체가 된다. 그에 대한 공격은 본인에 대한 공격으로 간주하겠다.

더 가디언(The Guardian), 파이낸셜 타임즈(Financial Times), 데일리 뉴스(The Daily News).

〈빈센트 빌리어스〉가 발매되고 며칠 뒤, 진보 성향 신문들이 일제히 쏟아 낸 호평들이었다.

본래 이 시기, 영국의 문학계는 사실주의(Realism)나 낭만주의(Romanticism) 등과 같은 예술 사조와 무관하게, 크게 세 진영으로 나뉘었다.

대중 친화.

사회 비판.

보수주의.

물론 딱딱 떨어지는 분류는 아니다.

찰스 디킨스만 해도 대중 친화적인 소설을 썼지만, 동시에 사회 비판적인 가치관을 충분히 담고 있었고.

제인 오스틴 수준이 되면 대중이 읽기 쉬우면서 사회상을 가감 없이 드러내며, 보수적인 낭만적 가치관까지 담는 초월적인 글을 쓰기도 했다.

 다만, 그것은 어느 정도 사회가 융통성이 있었던 19세기 초중반의 일.

 노동당이 창설되고, 이스트엔드 재개발 정책이 지지부진하며, 여성 인권과 아일랜드 독립 논의가 격화되면서 소설가들도 점점 글을 통해 자기 색을 드러내기 시작했다.

 조지 버나드 쇼처럼 사회를 비판하고 진보적인 개혁을 촉구하느냐.

 왕립 문학회처럼 사회 규범을 수호하고 왕실의 권위를 위한 글을 쓰느냐.

 이도 저도 아니라면, 정치물이 들어 혼탁해진 문학계를 뒤로 하고 그저 자기 붓끝을 갈고 닦겠다며 오로지 대중을 만족시키기 위해서만 글을 쓰느냐.

 대체로 현재 제일 인기를 끌고 있는 소설, 〈셜록 홈스〉와 〈피터 페리〉는 세 번째였다.

 셜록 홈스는 런던의 범죄를 파헤치면서도 딱히 그 범죄가 왜 일어나는 가에는 관심이 없었다. 대개의 범죄도 치정극이나 금전을 노린 개인적인 범죄였지, 사회 단위의 사건은 없었다.

피터 페리는 더했다.

빈부격차고 자시고 런던 자체가 소설에서 안 나오는 데 무슨 사회를 비판, 혹은 옹호하겠는가.

따라서 이 두 소설은 흔한 중도 성향들이 그렇듯, 좌우익 모두에게 인정받았고. 좌우익 모두에게 경멸받았다.

"엑스칼리버를 뽑은 소년 영웅이라고? 뭐지? 이것은 무엇을 의미하는 것이지? 혹시 왕정을 긍정하는 것인가? 아니면 현 왕조를 뒤엎고 제가 왕이 되겠다는 건가?"

"켈트 문화의 요정을 주제로 한 소설이라고? 뭐지? 이것은 무엇을 의미하는 것이지? 혹시 아이리쉬(irish: 아일랜드인) 반란 분자들을 긍정하는 것인가?"

그런데 그랬던 한슬로 진이 뜬금없이 〈피터 페리〉를 주간연재로 돌리더니, 〈빈센트 빌리어스〉라는 사회 비판과 대중 친화를 동시에 잡은 글을 쓰기 시작했다.

물론 여전히 대중 친화의 색이 강하긴 했지만, 피터 페리에 비하면 기득권층. 특히 귀족층을 공격하는 냄새가 압도적으로 강한 소설이었다.

당연히 많은 진보 패널들은 환호했다.

호평 일색의 평론들이 잇달아 올라온 것은 이러한 상황이 반영된 바이기도 했다. 순수하게 글이 좋다는 이유도 있었지만.

그리고, 그 말은…….

반대편. 즉, 보수 진영을 대표하던 왕립 문학회를 적으로 돌렸다는 뜻이기도 했다.

 쾅!!

 "내, 이 천둥벌거숭이가 주간연재를 시작할 때부터 알아봤소!!"

 왕립 문학회장, 할스베리 백작 하딘지 스탠리 기파드(Hardinge Stanley Giffard)는 탁자를 부술 기세로 내리쳤다.

 그는 본디 정치적으로 보수당(Conservative Party) 소속의 정치인이었고, '노조 파괴자', '파업 분쇄기' 등의 별명으로 불리던 법조계 원로이기도 했다.

 뼛속까지 수구꼴통이라는 뜻이었으며, 왕립 문학회의 우경화를 상징하는 살아 있는 징표 같은 사람이기도 했다.

 그런 그에게 연재 소설은 하나같이 건방진 젊은이들 특유의 객기와 오만의 상징이었다.

 그가 평생 증오하던 포츠머스의 미꾸라지, 찰스 디킨스의 영향도 있었지만, 근본적으로 그는 대중소설 자체를 극혐했다.

 ―모름지기 소설이란 문학적으로 완벽한 운율과 예술적인 완벽함을 추구해야 한다.

―무식한 얼치기 대중들이 문학의 뭘 알겠나? 문학, 예술은 오로지 지적인 귀족들의 윤택한 후원 아래에서 식자들의 지성을 자극하기 위해서만 쓰여야 한다!

―그런 의미에서, 소위 '대중문학'이라는 것들은 농담이자 소비에 불과하며, 결코 문학이라 할 수 없다!

그런 그에게 최근 기세가 흉흉한 두 소설, 〈셜록 홈스〉와 〈피터 페리〉는 매우 경멸스럽기 짝이 없는 삼류 저질 소설에 불과했다.

그나마 〈셜록 홈스〉는 그럭저럭 문학성도 있고 사회 규범도 수호하는 내용인 탓에 바람직한 면도 있지만…… 〈피터 페리〉는 아예 완전히 이단의 물건이 아닌가.

그럼에도 그들이 여태 별달리 행동을 보이지 않은 것은 그것이 어디까지나 애들용. 즉, 동화로 취급되고 있었기 때문이다.

하지만 템플 바에서 내고 있는 이번 신작, 〈빈센트 빌리어스〉는 다르다.

이건 완전히 저 조지 버나드 쇼 같은 사마외도(邪魔外道)나 좋아할, 악독한 역적의 글이 아닌가!

이런 것이 신성한 문학계를 횡행하게 해서는 안 된다.

기파드는 그렇게 역설했다.

"지금 당장 당국에 요청합시다. 무슨 일이 있어도 〈템플 바〉를 폐간시켜야 하오!!"

"하, 하지만 회장님. 그랬다간 시민들이 무슨 일을 벌일지 모릅니다."

문학회의 다른 회원이 두려워하며 말했다. 실제로는 시민보다는 집에서 아이한테 〈피터 페리〉를 읽어 주는 마누라가 더 무서워서 그런 거지만, 시민들이 분노하리라는 것 자체는 사실이었다.

그들의 아내 역시도 어엿한 런던의 시민들이니까.

게다가 당장만 해도 봐라. 주인공이 죽었다고 출판사를 불태울 기세가 아니던가.

그런데도 연재 중단을 풀 생각이 없다니, 기파드로서도 인정할 수밖에 없는 독종이었다.

"〈템플 바〉를 폐간시키면 그게 우리 왕립 문학회 앞에서 펼쳐질 겁니다."

"젠장, 런던 시민들은 미쳤어. 대체 무슨 놈의 소설 주인공이 죽었다고 그런 짓을 한단 말인가."

"그러게나 말일세. 내 소설에는 아무도 그런 짓을 안 했는데."

"아, 자네가 이번에 새로 쓴 소설? 그거 나도 봤네. 심각할 정도로 재미없던데."

"결투다, 이 자식아!!"

개판이다. 기파드는 지들끼리 싸우기 시작한 왕립 문학

회원들을 보며 혀를 찼다.

"정숙!! 정숙하시오. 지금 중요한 건 다름이 아닙니다. 한슬로 진이란 망둥이가 뽑아 내는, 이 문학적 소양 따위는 눈곱만큼도 없는 반사회적인 물건들을 시장에서 내쫓는 거란 말입니다!"

회원들 역시 고개를 끄덕였다.

어쨌든, 그들이 보기에도 〈빈센트 빌리어스〉는 위험했다.

〈올리버 트위스트〉는 그래도 귀족 가문의 모습이 생생히 담기지 않았다.

〈폭풍의 언덕〉 같은 귀족가를 배경으로 한 로맨스 소설은 귀족가를 비판하지 않았다.

그러나 〈빈센트 빌리어스〉는 대담하게도 귀족 가문들의 생활과 사업을 가감 없이 드러내면서도, 그것을 통해 자연스럽게 부패한 귀족가의 행태를 적나라하게 비판하고 있었다.

물론, 그만큼 이스트엔드의 처참한 하류층 인간군상도 고증하고 있었지만, 사람은 원래 가난을 불쌍히 여기고 부유함을 질투하는 생물이다.

자연스럽게 '있는 그대로' 드러내는 것이야말로 양극화를 비판하는 가장 큰 무기가 되고 있던 것이다.

기파드 만큼은 아니지만 '왕립' 문학 회원들 역시 귀족들, 그게 아니라면 최소한 사업체나 대농장 한둘쯤은 거느린 젠트리(gently) 출신이 대부분이다.

이런 식으로 부를 독점하고 있다는 것이 계속 까발려진다면 위험해지는 계층이라는 뜻이다.

물론 신성한 사유재산을 국가가 어찌할 수는 없겠지만, 요즘 세상이 하도 수상쩍잖은가.

"하지만……."

한다고 해도, 어떻게?

폐간이라는 가장 강력한 제재 수단이 시민의 힘 앞에가 막힌 만큼, 왕립 문학회가 할 수 있는 일은 많지 않았다.

잘해 봐야 간접적인 수단뿐.

그런 한심한 이들을 향해, 기파드 후작은 코웃음을 치며 말했다.

"그걸 몰라서 묻소? 당연히 작가를 직접 찾아내야지!"

"예?"

"한슬로 진, 이 개 같은 자식이 어떤 놈인지 찾아내서 귀족을 모독한 죗값을 치르게 하자 이거요! 귀족가와 사업가들부터 뒤져 봅시다. 지금 이 수준으로 우리 일들을 잘 아는 자라면 틀림없이 최소 젠트리 급은 될 거잖소?!"

"그, 그건 그렇습니다만."

"그럼 그를 직접 조져야지, 뭘 잡지를 어쩌고 한단 말이오! 냄비에 뚜껑만 덮는다고 해결이 되겠소?"

평의회 의원들은 살짝 떨떠름했다. 아무리 그래도 문학의 자유를 생각하면 그런 걸 해도 되는 건가 싶은 것이다.

하지만 잘 생각해 보면…… 어차피 싸움을 건 것은 그쪽이 먼저 아닌가?

눈치 빠른 이들은 이미 하나씩들 아이디어를 내고 있었다.

"바이런 남작가의 사생아란 소문이 돌던데, 한번 족쳐볼까요?"

"그 집안에 사생아가 어디 한둘이오? 사생아 출신만 모아도 나라 하나는 세울 정도구만."

아닌 척하면서 정부(情婦)나 애인 한둘쯤은 끼고 다니는 게 영국 사교계의 기본이다. 대놓고 끼고 다니는 건 당연히 프랑스 사교계의 기본이고.

그리고 그런 사교계에서도 알아주는 난봉꾼 집안이 바이런 남작가였다. 오죽하면 그 유명한 6대 때에는 근친상간자까지 나왔겠는가.

"요정에 해박한 놈이니 아일랜드 출신이 아닐까요?"

"갖가지 문화의 요정을 마구잡이로 쓰는 놈이니 그럴 가능성은 오히려 낮소."

"하긴, 엘프나 드워프의 비중이 높은 걸 보면 오히려

노르드(Nord: 게르만족 중 스칸디나비아 등 북유럽에 살았던 분파) 쪽에 가깝더군."

"좋소. 이 정도면 충분하겠지."

만족스럽게, 기파드는 중얼거리면서 고개를 끄덕였다.

'문학이란 작가의 경험이 드러날 수밖에 없는 예술이지.'

한슬로 진, 그 개 같은 배신자는 증거를 너무 많이 드러냈다. 기파드는 이를 드러내며 웃었다.

"그러면 노르드 계 귀족가, 아니면 젠트리를 몽땅 뒤져 봅시다! 스스로 고귀한 피면서도 귀족의 이름에 먹칠을 한 한슬로 진, 그자를 반드시 찾아서 처단하는 것이오!"

"알겠습니다, 회장님!"

그리고 당연하지만.

노르드는커녕, 데본주의 쿨리 하인을 의심하는 사람은 그 누구도 없었다.

* * *

"예취."
"자네, 감기 걸렸나?"
"글쎄요. 누가 내 얘길 하나."
"뭐, 그건 그렇고……."

그거, 진짜 할 건가?

밀러 씨가 나를 보며 물었다. 이에 나는 어깨를 으쓱였다.

"외전 단편 한둘 정도라면 생각해 둔 게 있어서요. 뜻깊은 일이기도 하잖습니까."

"그건 그러네만, 아무래도 그 사람 소문이 영 안 좋단 말이지."

"에헤이, 소문이 밥 먹여 준답니까."

나는 당당히 웃으며 말했다. 그런 내 손에는, 자기 학교에 초청하는 개인적인 편지가 들려 있었고.

그 보낸 사람이.

"루이스 캐럴은 그럴 사람이 아닙니다."

디즈니가 발굴한 최고의 동화 작가이자.

이 시대 최악의 로리콘이라는 오명을 뒤집어쓰고 있는 작가였다.

왕립문학회

 21세기에 최고의 동화 작가 중 한 명으로 불리는 사람이자, 최초의 사진사 중 한 사람이며, 진화론자.
 동시에…… 소아성애자로 유명한 인물.
 아무리 직접 손댄 적은 없었다지만, 얼핏 들으면 바로 FBI OPEN UP!! 하면서 대문 부수고 난입해 대가리에 납탄을 갈겨도 무죄일 일을 해 온 것은 사실이다.
 밀러 씨가 꺼리는 것도 이해가 가고.
 그래도 나는 그 사람한테 먼저 은혜를 받았다. 〈피터 페리〉 처음 출간할 때 칭찬 들은 거 말이다.
 그런 상황에서 초대하지 않았으면 모를까, 초대까지 받았는데 그걸 거절하는 건 예의가 아니지.
 그런데.

"아, 알겠나? 이, 인간이란 건! 타, 타락과 부, 부패의 덩어리일세!!"

"어, 음."

뭔가, 생각과 다른데?

영국 남동부, 서리 주(Surrey County) 길퍼드 시(Guildford).

나는 이 심각한 말더듬이 중년인, 찰스 러트위지 도그슨(Charles Lutwidge Dodgson). 필명 루이스 캐럴(Lewis Carroll)을 보며 어안이 벙벙한 눈으로 보았다.

"하, 한스, 한슬로."

"발음이 어렵다면 한스라고 불러 주셔도 됩니다. 선생님."

"그, 그러지. 하, 한스. 자, 자네도 아, 알지 않나? 나, 나, 나 같은, 마, 말더듬이가! 어, 얼마나 사, 사, 사회에서 고, 골칫덩이 취, 취급을 받는지!"

"그야, 뭐……."

나는 고개를 끄덕일 수밖에 없었다.

원래 생태계가 그렇게 돌아간다. 자신과 다른 것을 보면 자연스레 기피하는 습성을 지니고 있다. 심지어 배척하기도 한다.

물론 그나마 인간은 나은 케이스긴 하다.

인류 사회의 첫 번째 증거는 '부러졌다가 다시 붙은 다리뼈'라는 인류학자의 말도 있었으니까.

하지만 모든 인간 사회가 전부 그렇게 돌아가는 게 아닌 것도 사실이다.

밀러 씨에게 주워진 나 같은, 극히 일부에게나 있던 축복 같은 행운.

그리고 안타깝게도 루이스 캐럴에게는 그런 행운이 없었다. 이 양반은 말 더듬는 것 때문에 스스로 교수 취직도 고사해야 했을 정도니까.

그 트라우마도 어지간히 깊을 것이다.

그래서.

"나, 나이를 머, 먹을수록. 사, 사람은 대, 대가리에 든 게, 너, 너무 많아. 오, 온갖 새, 색안경을 끼고 사, 사람을 본단 말일세!"

"으음…… 그렇지요."

나는 떨떠름하게 고개를 끄덕였다. 여러 가지 반박할 말은 많지만, 일단 참았다.

그러니까 요컨대 이 사람은 로리콘이 아닌, '성인 혐오증'에 가깝다.

뛰어난 수학자이자 사진사, 작가로서의 루이스 캐럴이 아닌, 말더듬이 찰스로 받아들이며 놀리고 배척했기에 생긴 공포라고 할까?

심지어 중증인 것이 그 혐오 대상에 자기 자신도 포함

된다는 점이다.

"내, 내 평생. 아, 아이들을 조, 좋아했지만. 그 아, 아이들이 시, 싫어 하, 한다면! 나, 나는 내, 내 더, 더러운 눈이라도 파, 파 버릴 수 있어! 그, 그것이, 하, 하느님께 대한 시, 신성한 의, 의무일세!"

"그…… 정도로 애들이 좋으십니까?"

"다, 당연하지! 애, 애들은 수, 순수해서 차, 차별이 없거든!"

그리고 그것을, 자신에게 편견 없이 친근하게 다가와 주는 어린애들로부터 치유 받게 된 거고.

심지어 아이들 앞에서는 마음이 편안해져서 말을 안 더듬는다고 하니, 이쯤 되면 그에게 생긴 '순수함'에 대한 집착도 이상하진 않다.

"자, 자네의 그, 글에서도. 그, 그게 느껴졌네."

"〈피터 페리〉요?"

"그, 그래. 그, 그 어, 어떤 글에서 보, 보다도…… 이, 읽는 사람들! 트, 특히 아, 아이들을, 수, 순수하게, 재, 재밌게 해, 해 주고 싶다! 그, 그게 느껴졌어!"

……거참, 이러면 더 거절하기 힘들어지는데.

아무튼 그의 이런 '순수함'에 대한 집착은, 아이만이 아닌 다른 방향으로 뻗치기도 했다.

"그래서 수학이 좋다는 얘기시군요."

"그, 그렇지. 수, 수, 수학이야말로. 가, 가장 수, 수, 순수한 하, 학문이니까."

"예. 그 점은 동의합니다."

문과는 문화마다 다르다. 과학은 조건이 너무 많다.

하지만 수학은 어딜 가나 똑같다. 1+1은 사막에서든 초원에서든, 심지어 우주에서도 2다.

플라톤이 주장한 '이데아'에 가장 가까운 학문이 있다면 그나마 수학이리라.

루이스 캐럴은 그렇게 역설했다.

"그, 그런데…… 애, 애들은 그, 그걸 벼, 별로 안 좋아하지."

"그야, 뭐…… 어려우니까요."

"아, 안 어려운데…… 자, 잘 배, 배우면, 쉬운데……."

글쎄다.

수포자들로 넘쳐 났던 고딩 시절 야자 시간을 떠올려 보면, 나도 애들이 이해가 된다.

"하, 하지만 나, 난…… 아, 이들이 수, 수학을 좋아했, 으면 조, 좋겠다, 새, 생각하고 있네."

"그래서 절 불러오신 거라구요."

"그, 그렇지."

요컨대, 요즘 애들에게 제일 인기 있는 〈피터 페리〉의 작가인 내가 애들한테 PR 좀 해 보란 얘기였다.

뭐…… 불가능한 일은 아니지.

어렸을 때 높으신 분 만나서 인생이 바뀌었다는 위인들 얘기는 가끔 있고.

그런데, 그거야 뭐…… 위인들 얘기고.

게다가.

"선생님, 그게 가능하겠습니까?"

"으, 으응? 무, 무리인가……."

"아뇨, 하는 거야 간단하긴 하죠. 뭐 돈 드는 것도 아니고. 하지만……."

그런 식으로 애들을 꼬드겨 봤자, 그 애들은 진짜로 수학에 흥미를 가져서 공부를 하는 게 아니다.

어차피 일시적이라는 거다.

게다가 내가 유명 인사라고는 하지만, 루이스 캐럴 역시 유명하다.

심지어 같은 작가 계통이기까지 하니, 항생제마냥 내성이 생겨도 이상하지 않지.

"그, 그럼 어찌, 어찌하면 되겠나?"

"음, 뭐. 방법이야 있긴 한데요."

나는 히죽 웃으면서 그렇게 말했다.

루이스 캐럴도 좋고 나도 좋은, 누이 좋고 매부 좋고 도랑 치고 가재도 잡는.

"우린 소설가잖습니까?"

그러니 글로 말해 보죠.

* * *

"후."

영국에서 제일 드높은 문학적 예술성과 지성을 자랑한다는, 서머셋 하우스(Somerset House)의 왕립 문학회 회의실.

문학의 아름다움이란 무엇인가, 문예의 가치란 무엇인가, 대영 제국을 위해 문인(文人)들은 어떤 글을 써야 하는가.

그것을 토의하고 영국 문학의 무궁한 발전을 위해 노력해야 하는 그들의 표정은…… 음침 그 자체.

창밖의 런던 하늘보다도 어두운 것이 꼭 그들의 앞날 같았다.

"하, 아무리 뒤져 봤지만 나오질 않습니다."

"이쪽도 마찬가지입니다."

"사돈의 팔촌까지 지인이란 지인에게는 전부 이야기를 돌려 봤습니다만, 전부 글러 먹었습니다."

"그래서."

할스베리 후작, 하딘지 기파드는 그런 그들이 마음에 들지 않았다.

"결국, 아무도 그 작자의 꼬리조차 잡지 못했다, 이 말이요?"

"회, 회장님."

"하지만…… 밝혀지지 않는 것을 어찌하겠습니까?"

평의회 의원들은 억울하다는 듯 말했다. 누가 작가들 아니랄까 봐, 기파드도 더 추궁할 수 없을 정도로 애절했다.

근거가 있기에 더더욱 그랬다. 실제로 그들은 할 수 있는 것을 모조리 다 해 봤다.

그들의 커넥션이란 커넥션은 모조리 이용해서, 스코틀랜드 북쪽 끝자락은 물론 콘월(Kernow, 브리튼 섬 서남부 끝 지방)의 별장까지.

심지어 하다 하다 안 돼서 거리를 넓혀 아일랜드는 물론, 식민지까지 모조리 확인한 것이다.

……하지만 그럼에도 한슬로 진의 정체는 찾을 수 없었다.

그래도 명색이 귀족일 게 분명한데, 살롱 한번 나오지 않을까? 그런 심정으로 샅샅이 뒤졌건만 단서조차 나오지 않았단 거다.

귀신이 곡할 노릇이었다.

하위 계층이 아닌 이상 발견하지 못하는 게 이상할 정도로 뒤졌는데도 단서 하나 나오지 않는다니…….

이것이 의미하는 것은 단 하나.

"대체, 대체 얼마나 꽁꽁 싸매고 있단 말인가."

"어지간한 스캔들로 태어난 게 아닌 이상 이렇게까지 정체를 숨겨 두려 들진 않을 터인데……."

"이래서 사생아들은 굳이 잘 대해 줄 필요 없다니까. 그냥 좀, 실수해서 태어난 것들을 굳이 사람 취급할 필요가 있나?"

"내 말이."

그들은 그저 툴툴거릴 수밖에 없었다.

그러던 그때, 누군가가 손을 들며 말을 했다.

"그, 사실 왕족 방계라는 소문도 있던데……."

"왕족은…… 그럴 리가 없지."

"아, 아암. 그렇지. 절대 그럴 리 없어."

의원들은 물론, 기파드마저도 필사적으로 부정했다.

물론 그거라면 이렇게까지 정체가 밝혀지지 않는 것도, 마치 독일 놈마냥 문장 끝에 동사를 처박아버리는 버릇도 설명은 된다.

지금의 여왕 폐하가 어린 시절을 독일에서 보냈듯, 현 왕조인 작센코부르크고타는 원래 독일계 귀족 가문이니까.

하지만…… 그래서 배제했다.

만약 그게 정말이라면, 그 순간 그들의 투쟁은 의미가

없어지니까.

같은 사생아지만, '왕족의 사생아'와 '귀족의 사생아'는 그 급수부터가 다르다.

아무리 천박한 핏줄이 섞이더라도, 왕족의 사생아는 왕족.

그들로서 어떻게 할 수 있는 존재가 아니라는 것이다.

'잠깐, 설마 그래서 왕가도 그렇게 〈피터 페리〉를 좋아했던 건가?'

'왕세손 부부는 말할 것도 없고, 궁내에도 보는 사람이 많다는 소문이 있지?'

'그나마 다행이라면 여왕님은 아직 관심이 없으시다는 거 같던데…….'

누가 작가가 아니랄까 봐 그들의 머릿속에서 여러 가지 망상들이 쏟아져 나온다.

특히나 대대적인 〈피터 페리〉의 팬으로 알려진 왕세손 부부는 그 빅토리아 여왕의 총애를 받고 있다. 까딱 잘못했다간 역으로 그들이 털릴 수 있는 사항이다.

"후우, 정말 그가 왕족이라면 우리로서 할 수 있는 일은 없소. 손을 떼야 하오."

"진정들 하시오. 아직 왕족이라는 증거도 없지 않소."

"증거? 그자가 이렇게까지 확실하게 숨어 버린 것 이상의 증거가 있소?"

"그건 정황일 뿐, 아직 확실한 것은 아니잖소!"
기파드는 집요하게 소리쳤다.
상식적으로 생각하면 여기서 손을 떼는 게 그나마 덜 창피 보는 법이다.
하지만 사람이 그렇게 합리적인 생물이라면, 100여 년 뒤 경제학자들이 말하는 매몰 비용이란 말은 만들어지지도 않았을 것이다.
'이미 바람을 타 버렸다.'
이번 기회에 꼴도 보기 싫은 대중 문학이라는 잡초의 뿌리를 뽑아 버리겠다, 그런 개인적 욕망에 사로잡힌 것이다.
하지만 이대로라면 그 중심인 '한슬로 진 규탄'이라는 정책은 아무런 성과도 못 내고 파탄이 날 것이다.
그렇다면 영영 끝이다.
과연 저들이 기파드를 어떻게 보겠느냐 이 말이다. 그의 머릿속에서 한 장면이 재생되었다.

―하, 날뛰더니만 결국 아무것도 못 하는구만.
―역시 퇴물이 다 됐나…… 저런 사람을 따라야 하오?
―자, 다음 회장에는 누굴 선출하는 게 좋겠소.

'그건 절대 안 돼!'

물론, 머리에 피가 몰린 탓에 그려진 터무니없는 망상이었으나, 그에겐 진심이었다.

 그는 빠르게 입을 열었다.

 "왕족이라는 것은 아직 최악의 가능성 중 하나일 뿐이요. 백번 양보해서 왕실의 후예고 독일 출신으로서 요정 소설을 썼다면, 바그너(Richard Wagner)의 영향에서 벗어날 수 있을 리가 없잖소! 그런데 보시오. 당신들이 보기에, 그 작자의 글에서 그 냄새가 한 번이라도 났소?"

 클래식 작곡가로 유명한 바그너이긴 했으나, 그는 근본적으로 문학의 만능인이요, 전능자였다.

 언어를 초월하여 그의 서사시는 낭만적인 태고의 언어, 즉, 감각적인 감정언어에 의존한 두운법을 강조한 걸작.

 하지만 한슬로 진의 글은? 운율은 무시되고, 문장은 짧으며, 낭만 따위는 찾아볼 수도 없었다.

 "……그건 아니지요."

 "비교도 할 수 없지요. 암."

 다행이다.

 분위기를 부정적으로 돌리는 데 성공한 기파드가 안도의 한숨을 쉬었다.

 물론 완전히 확신을 가질 순 없었다. 확률이 낮을 뿐이지, 0으로 만든 건 아니었으니까.

 "……그, 혹시 모르니 되도록 왕가를 끌어올 수 있는

건 참도록 하지요."

"그, 그렇지요. 철저히 문학계의 일로만 해결한다면 여왕 폐하라도 이견이 있을 수 없겠지요."

아무튼 지뢰를 밟을 순 없으니, 합의는 빠르게 이루어졌다.

엘리트, 특히 '학계'는 각자의 영역에 대한 존중이 강한 계층이다.

다른 어느 영역보다 갖고 있는 지식이 중요시되는 곳인 만큼, 어지간하면 내부의 일은 내부가 알아서 해결하도록 내버려 두자는 암묵적 합의가 이뤄진 것이다.

즉, 문학계 내에서만 대응하면, 얼마든지 치사해도 상관없다는 얘기!

"일단 우리 문학회 소속인 교수님들에게 계엄령 좀 돌려보라고 할까요? 학생들이 그런 허튼 글을 못 보게 말입니다."

"이미 옥스브리지(Oxbridge : 옥스퍼드+케임브리지를 통틀어 말하는 말)에서는 그러고 있습니다만…… 무척 힘든 일이기도 하고, 역시 학생들을 단속하는 것만으론 부족하다고 생각합니다. 지금 제일 큰 문제는 서민들이니까요."

"책의 정가(正價)를 정하는 건 어떻겠습니까? 지금 월간 잡지가 고작 1실링(약 만 원), 주간 잡지는 3펜스(약

삼천 원)밖에 안 하니, 서민들이 더 거리낌 없이 사고 있는 거잖습니까. 그러니 정가를 그것의 몇 배나 되는 가격으로 정해 버리고, 할인도 못 하게 만들어 버리면……!"

"지금 정신 나갔소? 출판사의 자유로운 경제 활동을 침해하자고? 경제학자들까지 적으로 돌릴 일 있소?!"

"아니, 그러면 대체 어쩌자는 겁니까."

하지만 그럼에도 그들은 답을 찾을 수 없었다.

당연했다. 근본적으로 '치사한 방법'이라는 건 정면으로 이길 수 없으니까 쓰려는 우회책.

비유하자면 고양이 목에 방울을 달자는 일이다.

그런데 근본적으로 대중의 지지가 전부인 대중문학을 문학계 내에서 해결할 수 있는 방법이라 봐야 대중의 지지를 빼앗는 것뿐인데…… 그건 결국 그 고양이와 정면에서 깨부술 수 있는 생쥐여야 한다는 뜻이다.

그게 가능했으면 진작에 때려잡았지, 지금 골방에 앉아서 이러고 있겠나?

심지어 그 우화에서 나오는 그 쥐들, 나중에 다 잡아먹힌다.

"이렇게 하면 어떻습니까?"

그때였다. 왕립 문학회 평의회의 어느 의원이 손을 들었다.

"먼 동양에, '독은 독으로 제압한다(以毒制毒)'라는 말이 있다고 들었습니다."

"그래서요?"

"한슬로 진을 제압하려면, 그에 걸맞은 인기를 끌고 있는 작가를 붙이면 된다는 소리죠."

"……뭐요?"

기파드는 어이없다는 듯 되물었다.

인정하기 싫지만 한슬로 진은 지금 인기 최고를 구가하는 대중문학 작가다.

그 〈셜록 홈스〉가 연재 중단을 때려 버린 이상…… 잠깐.

"설마 지금."

하던지 기파드는 여전히 미심쩍어하면서 다시 물었다.

"아서 코난 도일을 영입하자는 소리요?"

* * *

"이자들이 돌아 버린 건가?"

아서 코난 도일에게는 꿈이 있었다.

그건 그가 관심이 있는 역사를 주제로 〈아이반호〉나 〈전쟁과 평화〉 같은 장대한 역사 소설을 써서, 20세기의 호메로스(Hormer)로 이름을 남기는 것이었다.

그런 의미에서 〈셜록 홈스〉로서 데뷔해, 명성을 쌓고 돈을 번 최근의 집필 생활은 불만족의 나날일 수밖에 없었다.

뭐랄까, 몸은 편해지는 데 마음은 괜스레 급해진다고나 할까.

"하지만 그것도 이젠 끝이지."

얼마 전, 아서 코난 도일은 결단했다.

스트랜드 매거진의 편집자가 뭐라든, 어머니나 다른 가족들이 뭐라든.

그에게서 태어났고 그에게 막대한 부를 주었던 존재, 셜록 홈스를 완전히 죽이는 데 성공했기 때문이다.

……물론 급작스러운 발상이었기 때문에, 마치 기계장치를 타고 내려온 것 같은 악역(Deus ex Machina)에게 전부 몰아 버린 경향이 있긴 하지만.

그런 건 별로 중요하지 않았다.

그의 주변에서 성토하는 분위기와 출판사의 습격 사건이 있었다는 거 같지만, 그는 싸그리 무시했다.

어쨌든, 이제는 정말 쓰고 싶은 글만 쓰면 되니까.

그걸 위해 셜록 홈스를 그만둔 것이다. 아서 코난 도일은 스스로에게 다짐했다.

그는 잘 알고 있다.

〈셜록 홈스〉 따위에 신경을 썼다간 자신의 원대한 꿈을 이룰 수 없을 거란 것을.

그도 그럴 것이, 그는 묘하게 역사 소설을 쓰는 재능이 없었다. 이것은 추측이 아닌 결과로 이뤄진 이야기다.

쓰기 싫은 걸 억지로 써 내려갔는데도 대성공한 〈셜록 홈스〉와 달리, 역사 소설은 세 번이나 썼는데도 몽땅 실패를 했으니.

첫 번째, 〈마이카 클라크〉 때에는 그럴 수 있다고 생각했다.

원숭이도 나무에서 미끄러질 때가 있으니까.

두 번째, 〈백의의 기사단〉에서는 의심할 수밖에 없었다.

한번이야 가능하지만, 두 번은…… 마음이 꺾이니까.

세 번째, 〈위대한 그림자〉에서 그는 인정할 수밖에 없었다.

그는 아직 모자라다.

이상과 현실을 모두 만족시킬 정도로 글을 쓸 수 없다…… 고.

그래서 다짐했다.

〈셜록 홈스〉고 뭐고 틀어박혀서 이번에야 말로 최고의 글을 세상에 내놓겠다고.

'그래, 고증. 고증이 중요해. 그리고 거기서 연결되는 새로운 사건과의 고리까지 생각해야 하는 거야. 그리고 거기에 필요한 작법은…….'

이번에야말로, 비원을 달성하기 위해서.

그런데.

"그런 나에게 뜬금없이 왕립 문학 회원 초청이라니. 이게 말이 된다고 생각하나?"

"그야…… 뭐."

아서 코난 도일의 절친한 친구, 제임스 매슈 배리(James Matthew Barrie)는 그렇게 말하며 뜸을 들였다.

그 역시 작가였고, 왕립 문학회가 영국에서 어떤 입지인지 정도는 알고 있었다.

그리고 친구 아서 코난 도일의 문예(文藝)가…… 어떤 위치인지도.

'본인의 의지와는 관계없이, 왕립 문학회가 싫어할 만한 스타일이지.'

역사 소설이라면 왕립 문학회도 그럭저럭 받아들일 수도 있다.

하지만 지금 현재, 아서 코난 도일의 대명사는 '셜록 홈스'였으며, 그 셜록 홈스 시리즈는 명백히 왕립 문학회가 싫어할 장르다.

그런데도 왕립 문학회가 그 아서 코난 도일을 회원으로 초청하겠다는 건…….

"……불순한 의도가 느껴지는군. 아서."

"왜 아니겠나, 배리."

아서는 코웃음을 치며 말했다.

그 역시 〈템플 바〉를 애독 중이다. 그리고 얼마 전 새로 시작한 〈빈센트 빌리어스〉도 확인했다.

즉.

"아마도 나와 한슬로 진을 싸움 붙이려는 모양이지."

"어찌할 텐가?"

"웃기지도 않는 이야기야."

작가가 무슨 싸움닭도 아니고, 어떻게 글과 상관도 없는 집단을 대변하면서 경쟁을 할 수 있단 말인가?

그런 건 대전사(代戰士)나 용병의 일이지, 작가의 일이 아니었다.

그런 것도 모르고 작가들 사이를 갈라치려 들기나 하니 왕립 문학회 취급이 지금 요 모양 요 꼴이지.

아서 코난 도일은 그렇게 씹어 댔고, 제임스 매슈 배리는 안도의 한숨을 쉬며 말했다.

"잘됐군. 그러면 자네, 한슬로 진과 싸울 생각은 없단 뜻이지?"

"글세?"

"......응?"

제임스 매슈 배리는 고개를 들었다.

그리고 보고 말았다. 친구, 아서 코난 도일의 눈에서 불타고 있는…… 이른바, 작가 특유의 집필욕이라는 감정을.

"아, 아니. 설마? 자네! 왕립 문학회의 용병이 되긴 싫다고 하지 않았는가!"

"그랬지."

"그런데 왜!"

"그거랑은 별개로."

런던에서 제일 인기 있는 추리 소설, 셜록 홈스의 작가…… 아서 코난 도일이 이를 드러내며 웃었다.

"썩어도 왕립 문학회지. 그런 곳이 날 후원한다면, 이번에야말로 괜찮은 역사 소설이 나와 주지 않겠나?"

"자네……!"

"알고 있네. 나는 아직 미숙해."

씁쓸하게, 아서 코난 도일은 말했다.

배리는 그것이 얼마나 배부른 소리인가를 알면서도, 얼마나 배고파서 나오는 말인지, 역설적인 감정을 느끼며 고개를 끄덕였다.

한슬로 진과 아서 코난 도일.

〈피터 페리〉와 〈셜록 홈스〉.

첫 연재 시기부터 비슷했던 두 소설은 각자의 장르에서 최고의 인기를 구가하며, 영국을 대표하는 문학으로서 자리를 잡았다.

하지만 아서 코난 도일은 연재를 관두었다.

최고의 추리 소설 작가라는 그 말은, 아서 코난 도일을 만족시키기에는 너무나도 공허하니까.

"제아무리 치졸한 자들이라도 저들이 가진 문학적 지식, 그리고 보유한 역사적 기록들까지 윤락한 것은 아니지. 그 자료들을 손에 넣는다면…… 완벽한 고증이 가능할지도 몰라. 난 내 비원을 위해서라면, 악마와도 손을 잡겠다네."

"……정말, 하고 싶은 게로군."

"가끔 이러고 싶을 때도 있는 법이지."

"에휴, 모르겠네. 알아서 하시게나."

"그럴 생각일세."

아서 코난 도일은 싱글벙글 웃으며 말했다.

배리는 그런 그를 보며 씁쓸하게 웃었다. 상당히 불안하긴 했지만, 아무 말 하지 않았다.

어쨌든, 그도 작가였으니까. 자기가 쓰고 싶은 글로 성공하고 싶다, 그 욕구를 모르지 않았다.

그 자신도 〈피터 페리〉와 같은, 요정을 주제로 한 모험소설로 성공하고 싶어 하는 것처럼.

"두고 보게나! 저 소설 하나 완결 냈다고, 나까지 죽이려 드는 훌리건들의 콧대를 납작하게 해 줄 명작을 쓰고 말 테니."

아서 코난 도일은 당당하게 말했다.

* * *

'애들이 어떻게 공부에 흥미를 갖게 할 수 없을까'라는 희망사항은 원래 루이스 캐럴만이 가진 것이 아니다.

오히려 그 분야에서 정점에 달한 것은 다름 아닌 아시아권의 학부모들.

그중에서도 대한민국의 교육열은 매-우 극성맞은 걸로 유명하다.

심지어 만화나 소설마저도 '퇴폐 문화'라면서 진시황식 분서갱유를 했을 정도니까.

거기에 편승하고, 퇴폐 문화에서 벗어나기 위해 서브컬쳐가 어쩔 수 없이 숙이고 들어간 방식이 바로…….

"학습 도서입니다."

"하, 학습 도, 도서?"

"쉽게 말해 소설에 애들한테 가르치고 싶은 지식을 끼워 넣는 거죠."

뭐, 더 쉬운 건 만화긴 하지만 지금 이 시대는 아직 단평용 풍자만화밖에 없다.

아니, 만화라고 하기도 그런 게 엄밀히 말하면 1화짜리 캐리커처에 가까우니까.

하지만 애초에 내가 뭔 재주가 있다고 만화를 만들겠나, 송충이는 솔잎을 먹어야 하는 법이다.

그리고 학습 도서라고 해서 학습 만화에 파급력이 밀리는 것도 아니다.

실제로 만화는 캐릭터 일러스트 수준으로만 들어갔던

장편 학습 도서 시리즈도 엄청나게 팔렸으니까.

"스, 스, 스토리에, 지, 지식을 노, 녹여 내려면…… 너무 기초적인 거, 것만 쓰이지 않겠나……."

"그게 포인트죠. 재밌게 만들면 장땡입니다."

나는 당당하게 말했다.

물론 이건 학습 도서는 아니고 학습 만화의 케이스지만, 내가 제일 재밌게 본 수학 학습 만화는 고등수학인 집합이나 명제까지 써먹은 적이 있다.

심지어 단순히 학습 만화라는 틀에 갇히지 않고 다크 판타지로서의 틀로서 스토리 자체를 쫄깃하게 만들었고, 철학으로서의 수학을 잘 녹여 냈으며, 그 양쪽을 잘 조화시킨, 그만하면 이세계물 판타지로서도 수작인 작품이다.

"개인적인 생각이지만 동화라고 해서, 아이들을 가르치겠다면서 내리까는 시선으로 시혜적 태도를 취하는 것은 결코 좋지 않다고 봅니다."

"그, 그거. 나, 나 드, 들으란 소, 소린가?"

"선생님이 앨리스 시리즈를 쉽게 쓰시진 않으셨잖습니까."

뭐야, 왜 충격을 받아?

루이스 캐럴이 '어려운가…….'라며 중얼거렸고, 난 이에 당당히 답할 수 있었다.

'네.'라고.

한국에서는 번역으로 〈앨리스 시리즈〉의 문장을 죄다 쳐 냈기 때문에 그냥 단순한 스토리만 보인다.

하지만 원문 〈이상한 나라의 앨리스〉는 근본적으로 '운율'을 중시하는 19세기 영문학의 특징을 극대화한 명작이다.

즉, 'Was it a cat I saw?' 같은 언어유희와 마더 구스 같은 동요를 모아, 수학적으로 계산해 배치해서 통일된 줄거리를 갖게 만든.

일종의 소설의 형태로 만든 단어 퍼즐이 바로 〈이상한 나라의 앨리스〉란 얘기다.

물론, 이러고도 기승전결이 완벽하게 들어가서 운율과 언어유희를 전부 죽여 버린 번역으로도 수작 동화 평가 받는다는 점에서 루이스 캐럴이 얼마나 괴물인지 알 수 있지만······.

아무튼 중요한 것은 독자의 눈높이에 맞춰서 재미를 주는 것이다.

"물론 들어갈 때는 기초 지식, 수학으로 예를 들면 사칙연산부터 들어가야죠. 그러면서 점점 분수와 소수도 들어가고, 그다음에는 또 방정식으로 들어가고······ 그렇게 하나하나 들어가시면 됩니다."

"꽤, 꽤 자, 장기 프, 프로젝트가 되겠군."

"뭐, 원래 공부라는 게 평생 하는 거잖습니까."

나는 어깨를 으쓱이며 말했다.

루이스 캐럴은 그런 내 말에 감명에 받았다는 듯 고개를 크게 끄덕였다.

"고, 공부는 평, 생 하는 거라니…… 도, 동양에선. 그, 그런, 교, 교육을 하는 겐가? 대, 대단하군."

음, 뭔가 오해가 좀 있는 거 같은데…… 조선에서 왔다고 소개하긴 했지만, 난 이 시기의 교육이 어떤지는 본 적도 없으니 말이야.

아무튼 유교적으로 보면 틀린 말은 아닐 테니 상관없으려나?

"뭐, 대충 그렇다는 걸로 해 둘게요. 아무튼, 어떻습니까?"

"화, 확실히. 조, 좋은 아, 아이디어야. 이, 익숙하진 아, 않겠지만…… 재, 재미는 있겠어."

"좋군요. 그러면……."

이제, 내 목적을 달성해 봐야지?

나는 히죽 웃으면서 루이스 캐럴 선생에게 서류 한장을 내밀며 말했다.

"이제, 그걸 어떻게 팔지도 생각해 보셔야죠?"

"파, 판다니? 아, 아이들을 위, 위한 건데 도, 돈을……."

"이게 다 먹고 살자고 하는 건데요."

단순히 애들만을 위해서라면 내가 루이스 캐럴을 만나러 올 이유가 없지.

"학습을 평생 한다는 얘기는…… 평생 작품을 사 주는 소비자가 있다는 소리죠. 당연히 돈이 됩니다."

"그, 그게 무슨, 도, 돈 귀신 같은 소, 소린가!!"

"뭐, 좋은 게 좋은 거죠."

원래 노동엔 가치가 따라야 하는 법이잖아요?

나는 낄낄 웃으면서 말했다.

학부모들 지갑은 좀 위협할지 모르겠지만, 그것도 심하진 않지.

이게 뭐 사교육마냥 공교육에 기생하면서 공포 마케팅을 하는 것도 아니니까.

"괜찮아요. 아이들에겐 피해가 안 갈 겁니다, 아이들에겐."

학습 도서

솔직히 말하자.

난 시네마틱 유니버스의 시대를 살다 왔고, 모바일 게임 누적 매출 1위는 몇 년째 가지버섯 원더랜드인 시대를 살다 왔으며, 부부 작가가 필명을 공유해 웹소설 계의 정점을 찍고 있던 시대를 살다가 왔다.

즉, 작가 간의 협업이라는 개념에 대해 어느 정도 경계심이 내려가 있다는 뜻이다.

실제로 혼자 쓰는 것보다 덜 팔리긴 했지만, 어느 정도 합작을 해 보기도 했고.

하지만.

나는 한 가지를 빼먹고 말았다.

바로 내가 협업하는 대상이 루이스 캐럴이라는 것을 말

이다.

"아니, 가볍게 들어가자니까요! 대체 왜 벌써 미적분을 쓰시려고 들어요?!"

"그, 그게 무슨 마, 말인가! 미, 미분이야말로, 가, 가장 뛰, 뛰어난 뉴, 뉴턴의 어, 업적이자! 수, 수학이라는 이, 이데아를 혀, 현실에 바, 반영시키는 가, 가, 가장 후, 훌륭한 이, 이론이야!!"

"그거야 제 알 바 아니고요."

"재, 재밌기만, 하면, 되, 된다면서!!"

"당신과 애들이 똑같은 줄 아슈? 그것도 정도가 있죠, 이 양반아!!"

수학적 지식과 대중문학에 대한 인식의 차이.

"그, 그리고! 자, 자네는 우, 운율이라는 거, 걸 저, 전혀 모, 몰라! 대, 대체 왜, 무, 문장을 그, 그렇게 나, 난도질하는 겐가!?"

"아니, 그래야 쉽게 글을 읽는다니까요?! 오히려 제 입장에선 선생님 글이 더 이해가 안 가요! 왜 그렇게 스토리가 평탄 그 자체인 건데요!?"

상극인 작법 스타일.

둘 중 어느 쪽이 더 심각하냐고 묻는다면, 난 후자라고 생각한다.

근본적으로 난 실전형이다.

웹소설을 쓰면서 수년간 단련된, 어떻게 하면 사람이 가장 쉽게 글을 읽고 이해할까, 라는 데에 대한 기교가 손가락에 올올히 박혀 있다.

그런 내가 내린 결론은 가성비.

내가 하고 싶은 이야기를 어떻게든 뇌 속에 쉽고 빠르게 박아 넣는 데에 특화되어 있는 것이다.

하지만 루이스 캐럴은 정반대.

이 양반은 순수하게 꼴리는 대로 글을 쓴다. 전형적인 재능형 천재라고 해야 할까?

게다가 그 집필 과정은 차라리 작곡에 가깝다.

문장 하나하나가 마치 문장으로 된 음표처럼 작용하며, 운율에 맞춰 문장을 소리 내서 읽다 보면 노래라도 부르는 것 같다.

그런데, 노래에 많은 분량을 담을 수 있나?

물론 오페라나 뮤지컬이라면 가능하겠지. 하지만 그건 분량이 거의 몇 시간 단위에, 여러 사람이 번갈아 부른다.

결국 문장으로 된 음표이기에, 그 문장에 비교한 내용의 가성비는 극도로 떨어질 수밖에 없다.

그래서 스토리가 단순한 거지.

그런 우리 둘이 '합작'을 한다?

배가 산으로 가기 딱 좋았단 얘기다.

"안 되겠네요."

결국 나는 결론을 내렸다.

"이렇게 된 이상……."

"이, 이상?"

이대로 그만두자고 할 줄 알았던 걸까? 루이스 캐럴이 침을 꼴깍 삼킨다.

"완전 분업을 하죠."

"으, 으응?"

"제가 스토리의 큰 틀을 맡겠습니다. 작가님은 그 안에 들어갈 수식과 트릭을 생각해서 써 주세요. 그럼 제가 그 글을 수정하겠습니다."

뼈대와 근육을 나누는 것.

결국, 이것밖에 없었다.

학습 도서기에 내용이 다소 가벼워도 상관없다. 어쨌든, 애들이 볼 거니까.

어쨌든 큰 틀을 내가 지정한다면, 루이스 캐럴이 멋대로 대학 수준의 어려운 수학을 쓸 수는 없을 것이다. 스토리에 어울리는 수식이 존재하니까.

그리고 글의 템포를 촘촘히 가져 간다면 그가 주장하는 운율도 억제가 가능할 것이다. 진행되는 양이 정해져 있으니까.

"그리고, 설정은 최대한 낯설게 하죠."

"나, 낯설게. 라니. 그, 그러면 어, 어려워지지 않나……."

"뭐, 그런 의미는 아닙니다. 소격효과(疏隔效果)라고 해야 할까요? 잘 이해하고 있는 걸 결합시키면 됩니다."

여고생이 대공미사일을 맞아도 멀쩡한 세계관의 작성 원리와 비슷하다.

아는 것과 아는 것을 언밸런스하게 융화시키면, 그것에 대한 부조화 자체가 '흥미'를 일으킨다. 미지에 대한 감동이라고나 할까.

뭐, 안정적인 '익숙한 맛'이 대세인 웹소설에서는 쓰기 어려운 테크닉이지만, 지금은 쓰는 사람이 루이스 캐럴 아닌가? 그럼 최대한 활용해 봐야지.

그렇다면 뭘 섞느냐가 문젠데…… 나는 탁자를 톡, 톡 두드리면서 머리를 굴리기 시작했다.

일단 머릿속에 있는 수학 관련 학습 만화 중에서, 가장 퀄리티가 좋았던 이세계물은 제외했다.

그건 소설로 풀기 어려워.

하지만 베이스가 중세 판타지인 것 자체는 쓸 만하다.

어쨌든 이 시대에 제일 친숙한 '배틀물'이니까.

거기에 수학.

수학의 특징은? 가장 알기 쉬운 '룰'이라는 점이다. 답이 명확하니까.

그리고 어쨌든 이 수학 매니아 선생님이 계속 흥미를

갖고 쓸 만한 것이어야 한다.

배틀물. 그리고 룰.

이 두 가지를 합치면 나오는 답.

"좋아, 결정됐습니다."

나는 천천히 루이스 캐럴에게 작품의 개괄적인 설명을 늘어놓았다.

수학자이자 선생인 소설가는 이 작품 자체에는 흥미를 갖기 시작한 것 같지만, 여전히 불안하다는 듯 우물쭈물하기 시작했다.

"괘, 괜찮겠나. 나, 난 잘 모르겠는데……."

우물쭈물하는 그, 하지만 난 확신을 담아서 말하였다.

"아마 루이스 선생님도 좋아하시는 세계관일 겁니다. 들어가서 살고 싶을 정도로요."

아직은 이해하지 못한 것 같지만 금세 알겠지. 이 작품의 진가를.

"자, 그럼 작업을 시작해 보죠."

* * *

"어서 오십시오. 마크 트웨인 작가님."

"반갑소. 벤틀리 씨."

리처드 벤틀리 주니어는 긴장하며 작지만 옹골찬 작가

의 손을 잡았다. 그럴 수밖에 없었다.
마크 트웨인은 이미 영미 문학계에서 전설이 된 인물이다.
〈톰 소여의 모험〉과 〈허클베리 핀의 모험〉은 단순한 아동문학이 아니다.
미국의 폐부를 적확하게 찔러 사회를 개혁시키고, 미국 문학을 영국 문학으로부터 독립시키는 데 기여한 책이다.
즉, 그 책들을 잡지에 싣는다는 것만으로도 출판사의 위상이 한 단계 높아질 수 있다.
그렇기에, 벤틀리는 마크 트웨인을 한슬로 진과 헨리 제임스 등과 비슷한 수준으로 대우하며 말했다.
"우선, 저희 잡지에 작가님의 명저를 싣고 출판할 수 있게 해 주셔서 무궁한 감사를—."
"거, 흰소리는 집어치우시고 용건만 말합시다."
"아, 네."
그리고 그만뒀다.
그래, 작가들이란 사람은 이런 사람들이지. 벤틀리는 애써 쓰게 웃었다. 헛웃음이기도 했다.
마크 트웨인 역시, 그런 리처드 벤틀리 주니어를 보며 씨익 웃었다.
3대 벤틀리. 귀족적으로 들릴 법한 타이틀을 단 영국인임에도, 물 건너온 미국인 작가에게 깍듯했다.

태생적인 반골인 마크에게는 그 이상 마음에 드는 것이 없었다.

"일단 거, 계약 얘기는 뉴욕 지사에서 이미 다 끝내고 왔소. 그러니 우리 토미랑 허크, 잘 팔아 주시구랴."

"걱정 마십시오. 저희 출판사는 작가님들이 정성 들여 쓰신 글을 독자들께 가장 좋은 형태로 전해 드리기 위해 노력하고 있습니다."

"그건 나도 알고 있소. 주간 연재 전환이라. 천재적이더군."

"크, 크흠."

아픈 데를 찔린 벤틀리가 헛기침을 했다.

그 솔직함이 더더욱 마음에 든 마크 트웨인은 껄껄 웃으면서 고개를 끄덕였다.

"그래, 여기까지 오는 배에서 다 들었소만. 월간지 쪽은 이제 전혀 다른 잡지가 되었다면서요?"

"예, 작가님의 〈톰 소여의 모험〉을 포함해서 아동문학은 주간연재에 집중하고, 이젠 성인 취향의 소설을 월간지에 넣기로 했습니다."

"그래서, 〈빈센트 빌리어스〉를 먼저 쓰자고 한 건 누구요? 당신인가? 아니면 한슬로 진?"

움찔—!

뒤쪽이군.

마크 트웨인은 마치 찔린 듯이 놀라는 벤틀리를 보며 고개를 끄덕였다.

그러면 그렇지, 이제 미국에 가서 니콜라에게 10달러를 받을 수 있으리라 생각한 마크는 껄껄 웃으면서 말했다.

"역시 한슬로 진이군! 내, 비록 영국인답게 점잔 빼는 〈피터 페리〉를 읽으면서도 확실하게 느꼈소. 이 작가는 틀림없이 나와 '같은 과'라고."

"크, 크흠. 그렇습니까?"

"그래, 그러니 벤틀리 씨,"

리처드 벤틀리 주니어는 마치 자신이 버펄로라도 된 것 같았다.

날뛰고 싶다는 게 아니라, 아메리칸 카우보이의 올가미에 잡혀 이리저리 끌려다녀지는 기분이란 뜻이다.

그리고 그 카우보이, 미국 특유의 거친 프론티어 정신을 온몸으로 뿜어내던 마크 트웨인은 불타는 눈으로 벤틀리를 보며 말했다.

"한슬로 진, 만나 보고 싶소."

"……그건 제가 결정할 사항이 아닙니다, 작가님."

"아! 물론 나도 그의 뜻을 존중하오. 하지만 적어도 이야기는 전해 줄 수 있는 것 아니겠소?"

"그건 그렇습니다만……."

벤틀리는 잠깐 갈등했다.

기실, 한슬로 진을 만나 보고 싶다는 작가는 많다. 아닌 말로, 지금 망해 가기 직전이었던 출판사를 두드리고 있는 수많은 작가들이, 결국 좋은 의미로든 나쁜 의미로든 〈피터 페리〉에 영향을 받은 사람들이니까.

실제로 〈타임머신〉의 작가, 허버트 조지 웰스 역시 한슬로 진을 만나 보고 싶다는 얘기를 꺼냈다.

벤틀리가 지금은 때가 아니라고 생각해서 잘라 뒀지만.

하지만 다른 사람도 아닌, 마크 트웨인이라면 어떻게 해야 하나.

기본적으로 한슬로 진이 좋아할 만한 작가라는 점도 그렇고, 차별 없이 달려드는 그의 성격을 봤을 때 큰 문제가 생길 거 같지 않긴 하다.

하지만…… 반대로 이 저돌적인 모습은 피곤하게 만들지 않을까? 하는 걱정도 들었다.

지금 와서 한슬로 작가님의 글이 멈춰 봐라, 얼마 전 그들이 겪었고 최근 스트리트 매거진에서도 고생하며 겪고 있는 출판사 화형식이 다시 개시될 것이다.

그 회사의 편집자들은 최근 출퇴근도 스코트랜드 야드의 보호를 받아 가면서 한다지 않던가?

그때였다.

똑똑-

"아, 죄송합니다."

"상관없소. 들어오라 하시오."

마크의 허락을 받은 벤틀리는 고개를 끄덕인 뒤 문을 열었다.

그러자 최근 들어온 여자 편집자가 그의 눈에 들어왔다.

"마리아, 무슨 일인가?"

"사장님. 한슬로 진 작가님의 전화입니다."

"한슬로 작가님이? 무슨 일로?"

보통은 이쪽에서 거는 것이 먼저였기에, 벤틀리는 그렇게 반응했다.

"지금은 다른 곳에 계시지 않던가? 루이스 캐럴 작가님을 만나시겠다고 말이야."

"예. 맞습니다."

루이스 캐럴이란 말에 마크 트웨인의 눈이 번뜩이긴 했지만, 벤틀리는 별다른 말을 하지 않았다.

정치인도 아닌데 누가 누구를 만나는 게 무슨 숨길 만한 일이 되겠는가.

다만 아동문학가로서 마크 트웨인이 한슬로 진에 호기심을 갖듯, 루이스 캐럴에 대해서도 호기심을 갖는 것은 이상한 것이 아니었다.

누가 뭐라 해도 현세대의 작가 중에서 '언어의 마술사'라는 별명에 그 누구보다 잘 어울리는 작가가 아닌가.

그런 루이스 캐럴과 한슬로 진이 만났다니.

한 사람의 애독자이자 동종업계 종사자로서 호기심이 생기지 않을 수 없었다.

그래서 마크 트웨인은 버펄로스러운 미국 상남자 식 고집으로 그 자리에 그대로 남았고, 벤틀리는 결국 마크 트웨인이 듣는 앞에서 전화를 받을 수밖에 없었다.

그리고.

"예, 예. 작가님, 벤틀리입니다. 루이스 캐럴 작가님 만나신다더니…… 예? 지금 런던요?"

"그…… 러니까, 그, 말씀하시는 게, 작가님들끼리 합작해서요…… 그럼 교과서…… 아, 아니라구요……."

"아, 그건 감사합니다만…… 그보다 여기 미국에서 작가님을 뵙고 싶다는 분이 와 계시는데…… 마크 트웨인 작가님이십…… 예? 당장 오시겠다구요?"

횡재했다. 마크 트웨인의 입가에 웃음꽃이 활짝 피었다.

* * *

벤틀리 출판사에 있어 한슬로 진은 어떤 존재인가?

하늘에서 떨어진 금덩어리.

재림예수.

구원자.

어쨌든 출판사도 회사다. 회사에게 있어 가장 중요한 것은 돈이다.

그리고 한슬로 진이라는, 출판사 최고의 킬링 아이템은 회사의 운명 자체를 뒤틀었다.

하지만 3대 벤틀리 출판사 사장, 리처드 벤틀리 주니어에게 한슬로 진은 고작 그 정도가 아니었다.

'그는 선구자다.'

피터 페리, 주간 연재, 빈센트 빌리어스.

셋 모두, 지금의 영국에서는 상상도 할 수 없을 만큼 파격적인 시도이고, 성공했다.

마치 '이건 반드시 성공한다'라고 미래에서 보고 오기라도 한 것처럼.

뭐, 정말 시간의 장막을 들추고 미래를 엿보고 온 사람이라면 고작 글이나 쓰지 않고 주식을 했겠지만, 실제 한슬로 진은 그쪽엔 전혀 흥미가 없어 보였으니 아니겠지.

아무튼 중요한 것은 한슬로 진에게는 '성공의 길'이 보인다는 것.

그러니 그 뒤만 잘 따라가도, 벤틀리 출판사에는 무궁한 영광이 기다리고 있다는 것.

그 두 가지면 충분하다.

리처드 벤틀리 주니어는 그렇게 생각할 뿐이었…… 지만.

이건 진짜로 뜻밖이다.

"진짜로 교과서가 아니었군요……."

"아니라고 했잖습니까."

* * *

거참, 사람 말 못 믿으시긴.

벤틀리가 보고 있는 것은 내 아이디어로 루이스 캐럴과 써낸 학습 도서, 〈아서 왕과 수학의 기사(King Arthur and Knight of Math)〉다.

큰 틀은 아서 왕 전설 연대기 그대로다.

선왕 우서 펜드래곤의 아들인 아서가 신분을 숨긴 채 평기사의 집에서 자라, 멀린의 인도로 엑스칼리버를 뽑고 블라블라~.

다만 여기서 말하는 기사(騎士)는, 말 타고 싸우는 기사가 아니다.

바로 보드게임 기사(棋士)다.

"그, 이 넘버즈 듀얼(Number's Duel)이라는 건 대체 뭡니까, 작가님……."

"이 학습 도서의 주요 소재죠."

나는 당당히 말했다.

이건 배틀물이되, 단순한 배틀물이 아니다.

이 '수학기사' 세계관에서 생명은 물리적으로 죽지 않는다.

다만, 그 사람이 날 적부터 갖고 있는 '경험'을 수치화 시킨 '넘버즈 카드'라는 개념이 있어서, 수련에 따라 각자 가진 형이상학적인 개념인 카드를 현실로 실체화 시킬 수 있다.

그리고 분쟁이 생기면 이 카드의 숫자(Number)를 겨루는 결투(Duel)를 한다.

그래서 이기는 쪽이 상대의 숫자를 빼앗는 것이며, 모든 카드를 빼앗긴 사람은 그대로 죽거나, 승리자에게 예속된다.

결투의 룰은 참가자마다 다르다.

처음엔 그냥 가진 숫자의 크고 작음을 겨루는 단순한 방식. 그래서 무조건 경험이 많은 사람이 유리하다.

하지만 이야기의 진행에 따라 엑스칼리버와 같은 '수식(數式)'의 힘이 담긴 유물을 등장시키고, 그 힘을 빌려 넘버즈 카드에 식을 끼워 넣어 불리한 싸움을 뒤집을 수 있다.

"초반부, 아서와 케이의 모의 결투를 보시면 이해가 될 겁니다."

"으음…… 확실히."

본래 아서에게는 2과 3의 카드가, 그의 의붓형 케이에게는 5의 카드가 있었다.

엑스칼리버가 없던 시절의 아서는 뭘 해도 케이에게 이길 수 없다.

수식의 힘이 없는 아서는 그냥 무작정 숫자를 내밀 수밖에 없고, 케이의 5가 더 높으니 결국 필패지.

하지만 엑스칼리버에 담긴 '곱하기'의 수식을 얻고 나서, 2X3=6을 만들어 케이의 5를 이길 수 있게 된다……라는 게 이 소설에 담긴 룰의 기본 골자다.

처음에는 물론 단순해 보인다.

실제로 루이스 캐럴도 그렇게 항의했다.

―이, 이러면 사, 사칙 여, 연산밖에 다, 담을 수 어, 없잖은가! 이, 이걸로 대, 대체! 무슨 공부를 하라고!

―이건 프롤로그입니다. 그냥 '찍먹'용이라니까요? 좀 더 나중에는 마법으로 더 복잡한 것도 쓸 거예요!

처음에는 사람끼리 겨루는 거라 그냥 높기만 해도 되지만, 아서가 왕이 되기 전, 베디비어, 케이, 멀린과 모험 중에 마주칠 몬스터나 환상종들은 단순히 높은 카드를 내기만 해서 쓰러트릴 수 없다.

　그 괴물들이 가진 숫자에 정확하게 일치하는 수식을 만들어야 하며, 그렇지 못하면 오히려 카드를 뺏기고 상대를 강화할 뿐이다.

　그러니 여러 상황에 맞게 수식을 만들고 나중엔 분수, 소수, 음수…… 중등 수학쯤 되면 무리수까지 넣어야겠지.

　아무튼.

"허…… 이게……."

"어떤가요?"

"……솔직히 말하면, 좀 유치하다는 느낌은 들고 있습니다."

　뭐, 그렇지.

　나는 어쩔 수 없이 고개를 끄덕였다.

　'낯설게 하기' 기법의 핵심은 기지(旣知)와 미지(未知)의 조율이다.

　원래 사람은 익숙한 건 빨리 받아들이고, 익숙하지 않은 걸 받아들이는 데에 시간이 걸린다.

　그렇기에 일부러 게임 자체는 최대한 단순하게 만들고, 그 스토리도 단순하고 친숙한 아서왕 전설을 골랐다.

　그리고, 그렇기 때문에.

"하지만…… 어쩐지 보면 볼수록 빠져들긴 하는군요."

"그렇죠?"

"예. 루이스 캐럴 작가님이 쓰셨다고 하셨죠? 확실히 문장 하나하나는…… 크흠. 죄송합니다만 작가님보다 재밌어서 계속 읽게 되는군요."

꼭 쓸데없는 소릴.

나는 잠깐 벤틀리를 흘겨봤지만, 어쩔 수 없는 일이다.

토종 영국인 중에서도 탑급으로 문장력이 높은 사람이 바로 루이스 캐럴인데, 나 같은 야매로 글을 쓰고 있는 한국인의 문장이 더 좋으면 그게 밸붕이지.

확실히, 템포를 빠르게 하니까 글의 운율도 빨라져서 마치 랩처럼 진행되더라. 천재는 천재란 말이지.

"부모로서는 어떤가요?"

"부모라면…… 제 아이들 말씀이십니까?"

"예."

아, 말할 기회가 없어서 말을 못하고 있었는데, 리처드 벤틀리 주니어도 유부남이다. 그것도 애도 아들 하나 딸 하나 있는.

다만 지금은 전임 사장, 그러니까 아버지 댁에 맡겨 두고 있댔나.

"어떻게, 부모로서 아이들에게 읽혀 주고 싶으십니까?"

"그러고 보니, 학습용이라고 하셨죠…… 흠. 확실히 수학은 맨 처음 이해가 제일 중요한 과목이지요. 저희 애들도 후계자 교육이랍시고 가정교사를 불렀는데 언제나 싫어했었지요. 그런데 이거라면…… 네, 재밌게 읽을 것 같습니다."

다행이다.

나는 씨익 웃으면서 고개를 끄덕였다. 역시 학구열이라는 건 어느 나라나 비슷하다니까.

아시아계에선 그것밖에 답이 없어서 유별날 뿐이지.

"그런데 작가님?"

"예?"

"이런 귀중한 제안을 들고 와주신 건 정말 감사하지만…… 〈피터 페리〉랑 〈빈센트 빌리어스〉는요?"

설마 3작을 동시 연재할 생각은 아니겠지, 라는 듯한 눈빛이 나를 쏘아보기 시작했다.

나는 손사래를 치며 부정했다.

"아니, 아니에요. 아무리 저라도 세 작품을 동시에 진행할 깜냥은 못 됩니다. 그랬다간 진짜 과로사해요."

"정말이시죠?"

"진짜래도요? 이번 글은 그냥 초안만 잡아드린 겁니다."

그래서 일부러 단행본으로 진행하는 것 아니겠는가? 잡지 연재마냥 언제 다시 연재한다고 확정이 없으니까.

애초에 학습 소설은 자기 완결성이 더 중요한 부분도 있기에, 굳이 연재 방식을 하는 것보다는 단행본이 더 좋기도 하고.

그래서 난 스토리만 짜 드리고, 본문은 루이스 캐럴 작가님이 쓸 거다.

그리고 이걸 내가 다시 검수한 다음, 출판사로 넘긴다.

이렇게 잡힌 초안을 통해 초반 스토리 검수만 제대로 이어지면, 차차 이어지는 내용은 내 도움이 없이도 루이스 캐럴이 알아서 쓰게 될 것이다.

안 그래도 내가 서리 주를 떠날 때쯤, 그는 이미 이 세계관과 사랑에 빠진 것처럼 보였으니까.

'수, 수학의 깊이가 히, 힘이 되는 세계라니…… 이, 이런 곳이라면 나도, 후…… 후후, 조. 조오와.'

……잘못하다간 메리 수 캐릭터를 만들 거 같아서 주의를 줄 정도로.

아무튼, 잘만 되면 나중에는 내가 직접적인 후가공을 하지 않아도 출판사에서 포인트를 잡아 알아서 하게 될 거다.

이러면 내 부담은 더욱 줄게 되지.

그런데도 나누는 인세는 무려 7:3!

물론 내가 3이다. 처음엔 반반도 아니라 몽땅 주려 한 것을 기어코 뜯어말렸다. 결국 왈가왈부하다가 수입금 일부를 다른 데 쓰기로 약속하는 조건으로 결정하게 되었지.

그렇다 해도, 들이는 품에 비하면 터무니없이 비율이 높지만.

아무튼 그러면 일단 학습 도서 일은 이걸로 일단락한 셈이고

"이제, 손님맞이를 해 봐도 되겠죠?"

"아, 예. 그렇지요. 모셔 오라고 하겠습니다."

"그럴 필요 없소. 밖에서 다 듣고 있었으니."

순간 벌컥, 하고 문이 열렸다.

그리고 키는 조금 작지만 옹골찬 노인이 불타는 듯한 눈으로 들어왔다.

"처음 만나는 것일 텐데, 낯설지 않군. 신기하구려. 내 예상과는 전혀 다른 얼굴인데도 말이야."

"우연이군요. 저도 그렇습니다. 물론, 저는 사진으로 몇 번 뵌 덕분인 것 같지만요."

"하하하, 그 패기는 확실히 예상대로군. 아니, 그 이상이야."

노인은 나에게 팔을 쑥 내밀었다. 나는 그 손을 붙잡았다.

단단한 바위 같은, 그러나 그 이상으로 뜨거운 손이었다.

"새뮤얼 랭혼 클레멘스. 마크 트웨인이라고 불러 주시게."

"진한솔입니다. 한슬로 진이라고 불러 주십시오, 작가님."

* * *

"후, 후후. 후후후후."

비슷한 시기.

같은 런던, 말리본(Marylebone) 인근.

몇 달째 밖에 나오지 않아, 머리카락이 해질 대로 해진 중년인이 핏발 선 눈으로 방금 탈고를 끝마친 원고를 보았다.

완벽하다. 실로 완벽한 원고가 탄생하고야 말았다.

"참으로 긴, 모멸과 핍박의 시간이었다."

빌어먹을 팬보이들 같으니라고.

작가가 주인공을 죽이겠다면 죽이는 거지, 어찌 거기에 항의를 하고 시위를 한단 말인가!

아니, 그거까진 그렇다 치자. 시민에게는 의사 표현과 집회의 자유가 있는 법이니까.

하지만 인신공격을 하고, 가족의 목숨을 노리겠다고 협박을 하는 5700자의 괴문서를 보내고, 집 앞에서 있지도 않은 것의 장례식을 벌이는 건 좀 심각하지 않은가.

심지어 말려야 할 출판사는 매출이 떨어졌다면서 징징대기나 하고, 인제 와서 〈피터 페리〉마냥 부활을 시키라는 요구가 빗발치고.

아서 코난 도일로서는 도저히 참을 수 없는 모멸이었다.

"하지만 그것도 이걸로 끝이지!"

우하하하! 아서는 미친 듯이 웃음을 터트렸다.

그럴 만했다.

그가 오랜 세월 동안 매달린, 17세기 프랑스의 프로테스탄티즘과, 그들 위그노를 탄압하고 박해하는 퐁텐블로 칙령.

신앙의 자유를 찾아 저 먼 아메리카 대륙으로 망명하는 신앙의 순례자들의 일생을 중후하게 담아낸다는 야심.

그리고 그 야심을 현실화한 장대한 세계관! 중후한 인간 묘사! 완벽한 시대 고증! 이 모든 것을 갖춘 완벽한 걸작!

분명 영국 문학사에 길이 남을 최고의 역사 소설, 〈망명자들-두 대륙 이야기 The Refugees〉이 완성되었으니까!!

아, 물론 그 구석에는 쥐꼬리만 할지언정, 왕립 문학회의 도움이 있었다는 문구가 조그마하게 넣어 있었다. 일단은 그게 계약이니까.

"시장이여, 나의 이 완벽한 소설 앞에 엎드려라! 그리고 진정한 자부심과 애국심을 계몽하라!! 으하하하!!"

그리하여 마침내, 하퍼 앤드 브라더스(Harper & Brothers) 출판사의 이름으로, 아서 코난 도일의 역작은 시장에 모습을 드러냈다.

그리고.

놀랄 만큼.

아무도…… 관심을 주지 않았다.

여름이었다.

마크 트웨인

"핫하! 약탈이다!"
"돈이 되는 것은 모두 담아 와라!"
하늘이 탄식으로 가리었다.
"아아악!"
"사, 사람 살려!"
"엄마! 엄마!!"
본래 마을이 있던 땅은 불과 재로 가득했다.
"칫, 뭐냐, 이 목걸이는? 보석이 주렁주렁 달려 있군. 쓸데없이!"
"여기 바닥에 상자가 있다! 부숴!"
"오, 레어 카드."
"제발, 시키는 대로 다할 테니 그것만은!"

사람이 목숨을 이어갈 수는 있더라도. 죽는 게 낫겠다는 생각이 들게 만드는 방법이 무궁무진하다.

"아아, 하늘이시여!"

마을 사람들이 그 지독한 공포에 무너지려던 그 순간.

쇄아아악!!

갑자기 하늘에서 검기가 치솟아 날아왔다. 천둥의 날개처럼 펼쳐진 검기는, 도적들에게 꽂혔다.

콰지지직!!

"으아악!"

그러나 유희(遊戲)의 신이 내린 축복은 모든 생물에게 동일하다.

검기를 맞았으면서도, 도적들은 누구 하나 죽지 않았다. 다만 정신을 잃었을 뿐.

"웬 놈이냐!"

"궁금하다면 가르쳐 주는 것이 인지상정."

새된, 아니 차라리 어리다고 해야할 목소리의 주인이 저벅저벅 다가온다.

세 명의 기사(Knight). 그리고 한 명의 마법사.

검기를 날린 검사는 휘황찬란한 X자로 번뜩이는 칼을 도적 쪽으로 향하며 말했다.

"네 녀석들. 감히 선량한 양민들을 약탈하며 괴롭히다니……! 신께서 용서해도, 나 아서 펜드래곤이 용서하지 않겠다!"

그 반대쪽 손에는.

어느새 가슴께에서 뽑아 든 넘버즈 카드(Number's Card). 39의 숫자가 반짝이고 있었다.

"어이, 나랑 듀얼해라!"

* * *

"후, 후욱."

옥스퍼드 대학교 문학부 2학년, 데이빗은 숨을 몰아쉬며 등을 벽에 기댄 뒤 주변을 두리번거렸다.

본래도 딱히 호리호리한 편이라고 하기 힘든 그의 몸은 평소보다 불어 있었다.

아니, 불어 있다고 하기엔 조금 부자연스러웠다. 아무리 살이 쪄도 뱃살과 가슴살 사이가 그렇게 각지게 살이 찔 수는 없으니까.

하지만 그는 팔로 배를 감싸며 필사적으로 몸을 낮추었다.

마치 계란 바구니라도 옮기는 것처럼 조심스럽게 움직인 그는 마침내 기숙사를 빠져나왔고, '독수리와 아이(Eagle and Child)'라는 대학 내 펍으로 잠입하는 데에 성공했다.

펍의 거실에는 이미 그를 초조하게 기다리고 있던 동지들이 있었다.

데이빗은 붉게 물든 얼굴로 숨을 몰아쉬었다. 동지들은 긴장한 눈으로 그에게 물었다.

"데이빗, 성공했나?"

"오는 길에 제레일 교수를 만났어."

"제레일?! 제기랄!"

"그 꼴통 새끼가 설마!?"

"그래."

데이빗이 히죽 웃음을 지었다. 그리고 교복 조끼로 가린 품에서, 땀에 젖었을지언정 내용은 확실히 알아볼 수 있는 몇 권의 책과 잡지들을 꺼냈다.

"그 아둔한 늙다리가 감히 내 위장을 눈치챌 수 있을 리 없지."

"믿고 있었다고, 제엔장!"

"아, 진짜, 데이빗!! 형이 최고야!!"

데이빗이 잠시 팔을 벌려 동지들의 환호를 만끽했다. 하지만 동지들은 그에 앞서 책부터 확인했다.

〈템플 바〉, 〈위클리 템플〉. 그리고 무엇보다⋯⋯ 〈아서 왕과 수학의 기사〉.

현재 옥스퍼드 대학교 문학부에서 엄격히 금지된 물건들이기도 했다.

옥스브릿지.

영국 최고의 지성이자 엘리트 대학의 쌍두마차라 불리는 곳.

귀족주의와 엘리트주의의 온상이란 뜻이며, 그곳의 문학부는 그간 찰스 디킨스를 비롯해 지나치게 대중적이고 선정적이란 이유로 잡지 연재 소설을 배척해 왔다.

그런데 하물며 한슬로 진이라니!

이야기가 흥미로운 것은 인정한다.

하지만 문장도 단순하고, 미적으로도 완성도가 떨어지는 주제에, 그저 독자들을 현혹하는 형용사를 무분별하게 사용하는 작자가 아니던가!

그럼에도 독자들은 그자의 책을 좋아한다.

심지어 이를 따라가는 잡지들마저도 우후죽순 솟아날 지경이었으니, 교수들이 대노하며 연재 잡지 자체를 학부 내 금지 물품으로 지정하는 것도 자연스러운 일이었다.

제레일 교수 같은 극 강경 보수파는 '결코 문학이라 할 수 없는 농담이자 소비'라며 폭언까지 했을 정도다.

하지만 하지 말라면 더더욱 하고 싶어지는 것이 사람의 생리인 법.

하물며 그것이 어른들의 수구적인 판단에서 나온 것이며, 그 대상이 혈기 왕성한 학생들이라면 그 결과를 더 말할 필요가 없을 것이다.

"앞으론, 이게 문학이야."

그래서 신세대 학생들은 비밀문학회를 구성했다.

폭압적인 구태(舊態)들에게서 이 대영 제국의 문학을 구원하고 개혁하기 위해서.

데이빗은 황홀하다는 듯 〈아서 왕과 수학의 기사〉를 집어 들었다.

피터 페리도 그랬지만, 이 역시 경탄스러운 소설이었다.

어렸을 적 어려워서 제대로 이해하지 못했던 〈이상한 나라의 앨리스〉와 달리 이 책은 완벽히 이해가 되었다.

일부는 스토리가 단조롭고 서사가 너무 쉽다는 얘기도 있었지만, 애초에 이 책이 대학생들 읽으라고 펴낸 책은 아니지 않은가?

이것이 '계몽'이다.

지식이 어렵다는 편견을 깨고, 알기 쉽게 더욱 쉬운 지식을 전파하기 위한 노력.

그것이 〈수학의 기사〉에서 느껴졌다.

데이빗은 주먹을 불끈 쥔 채로 몸을 부르르 떨며 황홀하다는 듯 중얼거렸다.

"사람의 마음을 움직이지 못하는 글귀가 대체 무슨 의미가 있지? 사람들에게 읽히지 않는 글귀가 담벼락 낙서랑 무슨 차이가 있어? 고루한 늙다리들은 자기들끼리 자위나 하라 그래. 우린 모든 사람에게 읽히는 글을 쓰고, 읽고, 향유 하는 거야!"

"데이빗, 닥치고 읽기나 해."

"장광설 늘어놓을 시간 있으면 빨리 읽고 넘기라고!!"

"너무하네, 진짜."

데이빗은 혀를 차면서도 동지들의 말대로 책을 펼쳤다.

하긴, 일단 책을 읽어야 개혁도 할 수 있는 것이니까.

그리고 그는 이내 풀어진 얼굴로 미소를 짓기 시작했다.

본래 한슬로 진의 소설은 확실히, 문장 자체가 좋다고 보기 어려웠다.

하지만 이제 루이스 캐럴과 합작한 이 작품에서는 그 단점이 완벽히 배제되었다.

그는 누가 뭐라 해도 최고라 불리는 언어의 마술사니까.

그러면서도 중간중간 튀어나오는 위트, 재치 있는 대사, 그리고 무엇보다 손에 땀을 쥐게 하는 전투 신과 몰입할 만한 캐릭터들은 여전히 그를 사로잡고 있었다.

역시, 이 두 사람은 천재다.

데이빗은 진심으로 그렇게 생각했다.

이는 옥스퍼드의 문학부는 물론, 런던의 독자들이 공유하는 생각이기도 했다.

* * *

1894년.

한국사에서는 동학 농민운동으로 유명한 이 해, 영국에서도 자잘하지만 많은 일이 있었다.

프랑스 제3공화국과 러시아 제국 사이에 군사 동맹이 체결되었고, 이 때문에 자유당 글래드스턴이 총리직에서 정계에서 은퇴했으며, 그를 대신해 같은 당 로즈베리 백작, 아치볼드 프림로즈가 제48대 총리로 취임했다.

내륙도시 맨체스터에는 운하가 개통하여 아일랜드 해와 직접 연결되었고, 런던의 명물인 타워 브릿지가 개통된 것도 이 해였다.

나름 바쁘게 돌아갔다는 뜻이다.

따라서.

나름 유명한 추리 소설 작가가 나름 열심히 역사 소설을 쓴다 했다 해도, 그다지 관심 가질 사람이 없었단 뜻이다.

"대체 왜!!"

하던지 기파드가 고성을 질렀다.

할스베리 후작으로서의 품위 따위는 진작에 때려치운 듯한 고성이었다.

대체 왜? 왜 일이 이렇게 안 풀리는 거지?

"아서 코난 도일, 이 머저리 같은 놈!! 역작이 될 거라고 하지 않았나!! 분명히 셜록 홈스고 뭐고 다 잊어버릴 거라면서!!"

"그, 하지만 잘 쓰긴 하지 않았습니까……."

"물론 잘 썼지!! 그건 인정해!!"

그래서 더 화가 난다.

하딘지 기파드로서는 도저히 이해를 할 수가 없었다.

분명 그럭저럭 재미있으면서도 〈셜록 홈스〉보다 훨씬 섬세하고 문학적인, 그조차도 인정할 수밖에 없는 수작 역사 소설이었음은 확실했다.

우리 왕립 문학회에서도 요청대로 필요한 모든 지원을 해 주었고, 그 덕에 말도 안 되게 디테일한 고증을 통해 교육적 가치도 충분한 소설이었다.

하지만 실패했다.

아니, 그냥 실패한 게 아니라, 이전 작들보다 훨씬 덜 팔렸다.

한슬로 진이 루이스 캐럴, 그 변태와 합작한 새로운 소설. 〈아서 왕과 수학의 기사〉인지 뭔지가 아이 가진 부모와 학생들에게 더 큰 반향을 몰고 왔기 때문이다.

마크 트웨인 〈313〉

심지어 귀족 중에서도 '아이들에게 편하게 수학을 가르칠 수 있어요!'라는 말에 주저 없이 그 책을 구매하는 자들이 넘쳐 날 지경이었으니, 도저히 그 기세를 막을 수가 없었다.

물론, 외부적 요인 이전에 내부적인 문제도 있었다.

"그, 소문엔 〈셜록 홈스〉 팬들이 불매 운동을 했다고……."

"이런 빌어먹을……."

대체 왜지?

하딘지 기파드는 도저히 이해할 수가 없었다.

대중이라는 건 결국, 작가들이 책을 던져 주면 그냥 그걸 읽기만 해야 하는 존재가 아니었나?

아니, 백번 양보해서 그게 아니더라도 작가가 더 좋은 필력으로 더 좋은 글을 썼는데, 당연히 이쪽으로 몰려야 하는 게 정상 아닌가?

물론 고귀하신 할스베리 후작은 '팬심'이라는 것을 알 수 없었다.

그것을 이해하지 못하고 있었기에 그들이 죽을 쑤고 있는 것이며. 세상만사가 그렇듯, 좋은 물건이라고 해서 무조건 흥하리라는 법은 없다는 것도 말이다.

하지만, 자신의 실책을 알았다면.

그는 아직 사법부의 원로였을지니.

원래 나이가 들수록 자기가 잘못한 것보다 자신의 위치

에 더 촉각이 곤두설 수밖에 없는 것이 사람이다.

그건 하딘지 기파드 역시 마찬가지였고, 그래서 그는 주변의 분위기를 금세 캐치할 수 있었다.

'이번이 마지막이다.'

그나마 이 아이디어를 낸 것이 기파드 스스로가 아니어서 망정이었다.

만약 그가 먼저 아서 코난 도일을 영입하자는 아이디어를 냈다면, 그는 그 발안의 책임까지 포함해 결국 자리에서 쫓겨나야 했을 테니까.

하지만 천만다행히도 그는 발안자가 아니었다.

명확한 여야가 없는 그냥 작가들의 모임에 가까운 문학회는 다행히도 '그걸 받아들인 당신도 동일한 책임이 있는 거 아니냐'면서 기파드를 탄핵하지 않았다.

그래서 할스베리 후작은 그 제안을 내밀었던 문학회 의원만을 토사구팽함으로써 책임에서 벗어날 수 있었다.

……있었지만, 그것도 유예일 뿐.

'만약 여기서 한 번만 더 미끄러졌다간…….'

진짜로 자리가 위험해질 수도 있다.

물론 그가 열심히 심어 놓은 문학회의 보수 세력이 어딜 가진 않을 것이다.

그들은 그가 없어도 한슬로 진을 공격하고, 아서 코난 도일의 실패를 타박하여 영미문학의 순수성을 수호할 것이다.

하지만 그게 그의 업적인지 누구도 모른다면 무슨 의미가 있겠나?

하딘지 기파드는 도저히 그 꼴은 볼 수가 없었다.

그 업적은 자신의 것이어야 한다. 무조건!

그렇게 생각하며, 그는 노익장을 과시했다.

"도저히 안 되겠군."

"무, 무슨 말씀이십니까. 회장님."

"세상 하늘 아래에 깨끗한 놈이 있을 리 없지."

하딘지 기파드는 흉흉한 눈빛을 빛냈다.

그는 본디 법조계에 이름이 있는 원로였고, 그런 그의 지인들은 문학계 따위보다 더욱 권세 높은 자리에 있는 이들도 많았다.

"재무부에 벤틀리 출판사를 탈세 혐의로 고발하겠소."

"타, 탈세요?"

"즈, 증거는요? 증거가 있으십니까?"

"증거는 뒤져서 나오면 그만이야!! 털어서 먼지 하나 안 나오는 놈이 있을 리 없잖소!!"

"그, 그건 그렇지만……."

"내, 분명히 말하겠소!!"

노염을 참지 못한 늙은 옛 법관.

하딘지 기파드는 마치 단말마라도 토하듯 일갈했다.

"내, 죽기 전에 반드시! 이 빌어먹을 소설들을 대영 제국의 문학 역사에서 지워 버리고 말 것이오!!"

* * *

"성공을 축하하네, 한스!"
"모두 돌봐 주신 덕분이죠. 하하하."
벤틀리 출판사.
나와 벤틀리 씨는 〈수학의 기사〉의 성공을 자축하며 축배를 들었다.
다만 우리 둘만은 아니었다. 한 명이 더 끼어 있었다.
물론 그 사람은 나와 공동 저자인 루이스 캐럴……!이 아니었다.
마크 트웨인.
이번에 신문광고에 대대적으로 평론을 넣어 주신, 바이럴 마케팅의 1등 공신이다.

―봄바람처럼 경쾌하고, 여름 바다처럼 시원하며, 가을의 마법처럼 신비하고, 겨울의 눈송이처럼 포근하다.
―존경할 만한 두 작가가, 진심으로 사랑하는 어린 새싹들에게 보내는 성실한 헌사.
―영국인들은 그들의 이웃을 그 누구보다 자랑스럽게

여길 수 있다. 미래를 위해 위대한 문학의 새 지평을 연, 이토록 큰 선물을 한 문예가는 이제껏 없었다.

이전, 루이스 캐럴이 〈피터 페리〉에, 조지 버나드 쇼가 〈빈센트 빌리어스〉에 해 준 것과 비슷하다면 비슷하다.
하지만 '마크 트웨인'이란 이름은 이 둘과 비교할 수 없는 파급력을 갖고 있었다.
물론 문호(文豪)로서 앞의 둘의 수준이 떨어지는 것은 결코 아니다.
문예(文藝)에는 정답이 없으며, 그 아름다움의 형태는 문호마다 다른 것을, 어찌 저열한 잣대를 들이대며 그 깊이를 재려 드느뇨?
다만, 마크 트웨인은 미국…… 그러니까, 영국에게 있어선 외국의 대문호.
즉, 소위 '국뽕'이 찬다 이 말이다.
"주모…… 아니, 마스터! 여기 에일 한 사발 추가요!"
"역시 문학 하면 우리 영국이지! 암!"
"근데, 루이스 캐럴이면 그 변태 놈 아닌가? 여자애들 벗기고 논다던……."
"아, 지금 그게 중요해?!"
국위선양에 눈 돌아가는 건 동서고금 나라 가진 사람들이면 다들 똑같다.

특히 현시대의 영국인에게 있어 미국이란, 몹시 쓸데없는 이유로 박차고 나가서 독립해 버린, 말하자면 가출해서 이젠 데면데면해져 버린 첫째 아들 같은 나라가 아닌가?

그런 나라의 자존심이나 다름없는 대문호가, 진심으로 칭찬했다는 것은 그 뽕의 맛을 더욱 깊게 정제했다.

"그런데, 괜찮으시겠습니까?"

"뭐가 말인가."

"영국인들이 이렇게 좋아하는 만큼 미국인들은 별로 안 좋아할 것 같은데요."

"하! 싫어할 테면 싫어하라지."

역시 진성 반골로 유명한 사람답게, 마크 트웨인은 콧방귀를 뀌며 당당히 말했다.

"난 머리에 총을 들이밀어도 없는 말을 하는 사람이 아니네! 알겠나? 내가 자네와 캐럴 선생이 '문학의 지평을 넓혔다'고 말한 건 결코 헛소리가 아냐."

살짝 흥분한 듯 거세게 내뱉은 콧바람에 그의 콧수염이 흔들렸다.

"알겠나? 우리 같은 이들은 언제나 우리의 생각을 아이들을 어떻게 전하느냐를 고민하지. 나 역시도 어린아이들을 위한 동화를 쓰긴 했지만, 그 자체가 크게 도움이 되진 못했어. 〈허클베리 핀의 모험〉 같은 경우가 대표적이지."

"아, 그건 역시…… '짐'의 이야기군요."

내 말에 그는 마치 정답! 이라 말하고 싶은 듯한 표정으로 답하였다.

"그렇다네! 난 아이들을 위한 글을 쓴다고 하면서도, 차별의 타파와 노예 해방을 작품에 담고 싶었다네. 하지만, 그것에도 한계가 있지."

대문호는 깊은 한숨을 쉬며 품에서 자신의 파이프를 꺼냈다.

"자네라면 누구보다 잘 알겠지만…… 이야기에 주제는 척추와 같지. 주제가 하나로 수렴한다면 모를까, 조화되지 않는 주제들은 서로를 방해해. 결국 미혹이 되는 게지."

나는 고개를 끄덕였다.

〈톰 소여의 모험〉과 〈허클베리 핀의 모험〉은 둘 다 마크 트웨인의 명작이지만, 일반적으로 '동화'로서의 평가는 〈톰 소여〉가, '사회 비판물'로서의 평가는 〈허클베리 핀〉이 더 높다.

이유는 간단하다.

〈톰 소여〉는 이야기가 쉽다. 순수하게 톰 소여의 천방지축 어리둥절 돌아가는 악동의 하루를 담고 있다.

하지만 〈허클베리 핀〉은 아이들의 눈을 통해 노예제의 사악함을 조망하고, 미국 사회를 통렬히 비판한다.

그렇다고 양쪽 모두 어느 정도 양립이 안 된 물건이란 것은 아니다. 만약 그랬다면 역사에 남는 고전이 되지도 못했겠지.

하지만 이 대문호에게 있어선 어느 쪽도 완벽한 글이 되지 못하는 것이 못내 아쉬운 모양이다.

"미혹이 들어가면 고찰이 되고, 그렇게 되면 이야기가 재미가 없어지기 때문이라네. 그래서 난 언제나 그 중심을 잡는 데 고생을 해 왔지."

안타까운 일이야.

그는 그리 말하며 파이프에 불을 붙였다.

나는 그런 그의 모습에 그저 고개를 끄덕일 수밖에 없었다.

나도 자료 조사를 하다 보면 머리에 든 게 많아지고, 하고 싶은 이야기도 너무 많이 생겨나는 법이니까.

하지만 나는 그와 확실히 다른 점이 하나 있다. 그것은 내가 웹소설, 즉 대중문학을 하는 사람이고, 상품을 만드는 자영업자라는 점이다.

듣는 사람을 고려하지 않고, 내 이야기만 할 거라면 순수문학을 했겠지.

장르를 막론하고, 대중을 고려하지 않는 상품은 결국 이상을 안고 익사한다.

물론 운이 좋아 그 이상이 현실에 정확히 들어맞는 경

우도 없진 않지만…… 그건 그 사람들이 진짜 운이 좋은 거지.

그 로또가 언제 또 터질 것이며, 그게 나라고는 누가 보장한단 말인가.

그래서 나는 미래에서 성공한, 이 과거에서도 성공할 만한 형식을 다듬어 내놓는 데에 집중한 것이다.

그리고 그 형식은, 다행히도 이 과거의 대문호가 보기에도…… 썩 나쁘지 않았던 모양이다.

"반면 보게. 자네와 캐럴 선생이 보여준 〈수학의 기사〉를 보고, 나는 경탄할 수밖에 없었다네! 세상에! 이토록 순수하게 어린아이들의 동심을 지키며 계몽도 시켜 주는 문학이라니! 문학가로서 아이들을 직접 계몽하는 방법을 알려 준 것이나 다름없지! 이런 인류 전체의 진보나 다름없는 일에 불쾌해하는 놈들은 전부 그리스도께서 지옥에 떨어뜨리실 게야!"

"하하, 저야 뭐…… 시각을 잠시 돌려본 것에 지나지 않습니다."

"그게 가장 중요하지, 암!"

마크 트웨인이 불타는 눈으로 나를 보았다.

점점 보면 볼수록, 뭔가 속에 고성능 화력 발전소라도 키우고 계신 분 같다.

"그래서 설마, 수학 하나로 끝낼 생각은 아니겠지?"

"아, 물론입니다."

그건 당연히 아니지.

나는 고개를 끄덕이며 말했다.

"지금으로선 대략…… 수학 포함해서 대여섯 개 정도의 과목을 생각하고 있습니다."

"흐음, 과학이 빠지진 않았겠지?"

"그게 고민입니다. 과학을 둘로 할지, 셋으로 할지로요."

"허어?"

마크 트웨인의 경악에, 나는 쓰게 웃으면서 머리를 긁었다.

사실 과학이라고 묶어서 퉁 치긴 하지만 물리와 화학, 생물학은 전혀 다른 과목이니까.

무엇보다 내가 문과니까 이걸 제대로 정하기가 어렵다.

내가 마지막으로 배운 과학은 고등학교 때가 마지막이니까.

이러니저러니 해도 대략적인 것은 알고 있지만, 전문적으로 남을 가르칠 정도라기엔…… 아무래도 정리가 안 돼 있지.

기껏해야 원소주기율표 정도나 머릿속에 들어 있을 정도려나?

"둘? 셋?"

하지만 그런 나의 모습에 마크 트웨인은 오히려 놀라더니 자신의 콧수염 끝을 빠르게 비비기 시작했다.

그러더니 이윽고 '음, 그래. 그런 건가?'라고 중얼거리더니 히죽 웃음을 지으며 말하였다.

"자네, 생각보다 더 과학에 대한 관념이 깊군."

"아, 예…… 뭐 그 정도까진 아니긴 한데."

"하하, 뭘 그런 걸로 부끄러워하나. 배움에 대한 욕망은 죄가 아닐세."

마치 다 알고 있다는 듯이 흐뭇하게 웃는 그는, 이윽고 눈을 가늘게 뜨며 피고 있던 파이프를 입에서 뗐다.

"흐음, 그러면 그쪽은 나에게 맡겨 주지 않겠나?"

"예? 혹시 과학을 통째로요?"

"그래. 내가 아는 과학자 중에 이런 쪽에 진심인 녀석들이 좀 많네. 특히 닉(Nick), 그 친구라면 툴툴거리면서도 발 벗고 나서 줄 게야. 안 그런 척하면서 자네 팬이거든."

"하하, 그거 감사한 말씀이네요."

"흐흐, 요정 같은 게 세상천지에 어디 있냐고 말하면서도, 아이디어가 떠올랐다며 부리나케 노트에 메모하는 그 친구 모습을 자네가 봤어야 하는데…… 참, 그리고 보니 자네 진짜로 요정을 믿는 사람은 아니겠지?"

"하하하. 그건 그냥 쓰기 좋은 소재죠."

"흐흐흐흐! 역시 그렇지?"

10달러 땄다고 좋아하는 마크 트웨인을 보며, 나는 기억을 더듬었다.

보자, 미국인 과학자인 닉이라. 근데 그런 사람이 있던가? 절로 고개를 갸우뚱거려진다.

물론 내가 미국 과학자를 전부 아는 건 아니지만, 닉이란 이름의 미국 과학자는 들어 본 적이 없는데?

퓨리는 정부 요원이고, 와일드는 아이스크림 장사꾼 출신 경찰이니까 말이다.

혹시 애칭인가? 니키? 도미닉? 니콜라스? 설마 니콜라 테슬라는 아니겠지?

드워프 도시의 거대 교류 송수탑에 감명받았다는 걸 보면 그럴싸하긴 한데…… 그 양반이랑 마크 트웨인이랑 친구 사이였던가?

에라 모르겠다.

중요한 것도 아니니, 맞으면 좋고 아님 말고지 뭐.

"그러면 과학 편의 집필은 맡겨드려도 될까요?"

"물론일세! 오히려 뜻깊은 일에 동참하게 되어 기쁘군. 벤틀리 씨, 원고 다 쓰면 곧장 우편으로 보내드리겠소."

좋다.

나는 히죽 웃으면서 마크 트웨인의 손을 잡았다.

아직 구두계약이긴 하지만, 세상에. 내가 좌 캐럴 우 마크를 두게 될 줄이야. 이게 성공의 보증 수표지.

"참, 그런데 과목이 과목이다 보니, 아무래도 아서 왕 연대기에서 따오기만은 힘들 것 같단 생각이 드네만."

"아, 스토리 쪽은 자유롭게 꾸며주셔도 됩니다. 같은 학습 도서 시리즈로만 성립하면 되지, 굳이 연관성을 가질 필요는 없지요."

"음...... 그게 그래도 괜찮나? 같은 출판사라곤 하지만, 같은 작가가 쓰는 것도 아닌데......"

"레이블(Lable)로 묶으면 되죠."

나는 담담하게 말하다가 의아해하는 마크 트웨인과 벤틀리 씨의 얼굴을 보고 헛기침했다.

그러고 보니, 이 구분은 원래 일본 쪽에서 유래했었지 아마?

"책 표지 제목 위에 무슨 무슨 시리즈라고 미리 적어 두는 겁니다. 당연히 저자명, 제목과는 별개의 색으로요."

"호오......"

"아니면 뭐, 가령 표지의 그림을 비슷하게 한다든지. 그렇게요."

"흠, 표지만 봐도 알아볼 수 있게 하자? 그거 괜찮군."

"하지만 작가님, 이번 〈아서 왕과 수학의 기사〉에는 그런 게 없는데요?"

"2쇄 본부터 붙이면 되죠. 아니면 두 번째 시리즈가 나올 때부터 붙이거나."

학습만화 시리즈 중에서 조난생존 만화 시리즈가 이런 케이스였다.

그건 처음엔 4권 단위로 작가진이 바뀌다가 나중엔 어느 한쪽으로 정착을 했었지 아마?

"자네는 사업에도 소질이 있는 것 같군."

마크 트웨인은 나를 똑바로 바라보며 말했다.

아니, 일단 미래에서 성공한 방식이니까 해 보자는 것 뿐이고 내가 떠올린 것도 아닌데. 이쪽을 바라보는 눈이 조금 너무 부담스러우신데요······.

"어딜 가나 성공할 수 있을 법한 인간상이야."

"에이, 설마요. 전 원래 있던 나라에선 그닥······."

"아니, 자네의 임기응변 능력은 틀림없이 대단한 수준일세. 직업의식도 훌륭하고, 아주 바람직해."

어, 음. 뭔가 과하게 얼굴에 금칠해 주시는 것 같긴 한데, 왠지 아까와는 조금 다른 분위기다.

명확하게 무언가를 바라는 듯한 눈빛이랄까? 그런 묘한 집념에 가까운 것이 느껴졌다.

그래서 뭐라고 답을 해야 할지 조금 머리가 아파진다.

"벤틀리 씨. 이 에일 좀 더 갖다 주시겠소? 이거 괜찮군."

"아, 예. 알겠습니다."

게다가 벤틀리 씨까지 내쫓으신다?

그렇게 나는 활활 타오르는 용광로를 작은 노인의 몸에 응축시켜놓은 것 같은, 미국인 작가 겸 사회운동가와 한 자리에 앉게 되었다.

"사실, 만나기 전에는 직접 이런 말을 하게 될 줄은 몰랐네만."

"예."

"한슬로 진, 하나만 묻겠네. —자네는 여기서 만족하나?"

"……만족이라."

나는 떨떠름하게 마크 트웨인의 말을 되새겼다.

만족(滿足), 만족(satisfaction)이라…….

글쎄, 묘한 말이긴 하다.

한자로는 채운다는 의미를.

영어로는 충족시키다, 배상한다는 의미를 지닌 단어. 그리고 그 어원까지 가게 된다면 참회한다는 의미까지 지니게 된다.

과연 그가 나에게 어떤 의미로 이 단어를 꺼냈는지는 모르겠다. 하지만 확실하게 답할 수 있는 것은…….

난 아직 어떤 의미로도 만족하지 못했다는 점이다.

그러기엔 작가라는 생물은 생각하고, 표현하며, 독자

라는 관심을 끝없이 갈구할 수밖에 없는…… 그런 인간이니까.

"그래, 역시 그러했군."

그리고 그렇게 생각하는 나에게, 마크 트웨인은 마치 다 안다는 듯이 고개를 끄덕이더니 테이블 위에 깍지 낀 손을 올린 채 이쪽을 지긋이 바라봤다.

그리고 이윽고, 나직이 툭 하고.

폭탄을 던져 버렸다.

"자네, 미국에 올 생각 없나?"

"……예?"

(대영 제국에서 작가로 살아남기 2권에서 계속)

환상이 숨쉬는 공간 파피루스 blog.naver.com/gnpdl7

poo 판타지 장편소설

회귀한 대마법사의 용사생활

마왕을 강림시키려는 악의 조직, 네크로를 거의 궤멸시킨 용사 파티
하지만 용사의 우유부단함으로 마왕이 강림하고 만다

그리고 그때 주어진 시간 회귀의 기적

"답답해서 내가 된다!"

소년일 때로 돌아온 네자르
그는 용사가 되기로 결심한다

"다시는 후회하지 않겠어."

압도적인 마법 재능, 유쾌한 언변술, 화려한 계략까지
마왕의 강림을 막고 세계를 구원하는 용사의 행보가 시작된다!

환상이 숨쉬는 공간 파피루스 blog.naver.com/gnpdl7

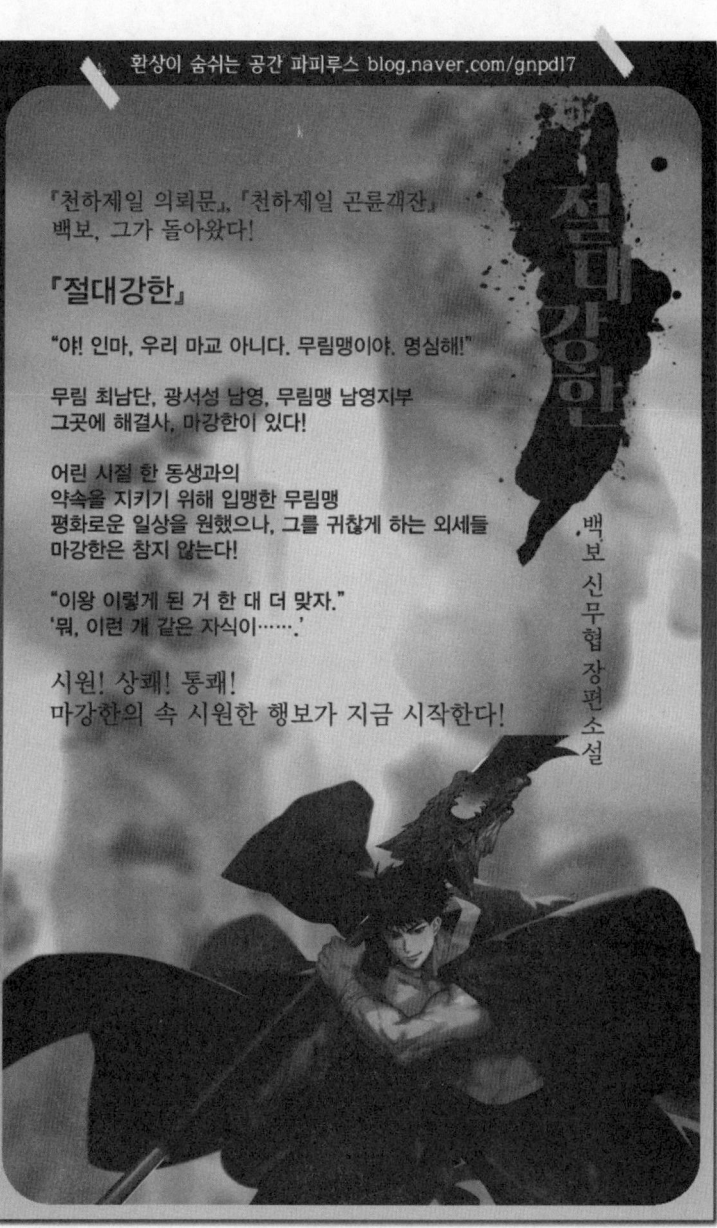

『천하제일 의뢰문』, 『천하제일 곤륜객잔』
백보, 그가 돌아왔다!

『절대강한』

"야! 인마, 우리 마교 아니다. 무림맹이야. 명심해!"

무림 최남단, 광서성 남영, 무림맹 남영지부
그곳에 해결사, 마강한이 있다!

어린 시절 한 동생과의
약속을 지키기 위해 입맹한 무림맹
평화로운 일상을 원했으나, 그를 귀찮게 하는 외세들
마강한은 참지 않는다!

"이왕 이렇게 된 거 한 대 더 맞자."
'뭐, 이런 개 같은 자식이……'

시원! 상쾌! 통쾌!
마강한의 속 시원한 행보가 지금 시작한다!

환상이 숨쉬는 공간 파피루스 blog.naver.com/gnpdl7

천하제일의 상재를 타고난 은서호
승승장구하던 그를 가로막는 자들

"어째서 무림맹이 나를……."
"너무 크게 성장해서 귀찮아졌거든. 그러니까 눈에 거슬린다는 거지."

상단 일을 시작했던 그날로 돌아왔고, 굳게 다짐한다
이번 생에서는 절대 후회하지 않기로

"그렇게 네놈들이 깔본 돈으로 무너뜨려 주마."

천재적인 두뇌와 뛰어난 무공 재능까지
역사에 남을 위대한 상황(商皇)의 행보가 시작된다!

향란 신무협 장편소설

은해상단 막내아들